Patrick Pécherot

Tranchecaille

Gallimard

Retrouvez Patrick Pécherot sur son site Internet :
www.pecherot.com

Né en 1953 à Courbevoie, Patrick Pécherot a exercé plusieurs métiers avant de devenir journaliste. Auteur d'une douzaine de romans, dont *Soleil noir* et *L'homme à la carabine*, on lui doit la trilogie dédiée, via le personnage de Nestor, au Paris de l'entre-deux-guerres. Entamé par *Les brouillards de la Butte*, (Grand Prix de littérature policière 2002), cet ensemble se poursuit, toujours aux Éditions Gallimard, avec *Belleville-Barcelone* et *Boulevard des Branques*. Patrick Pécherot s'inscrit, comme Didier Daeninckx ou Jean Amila, dans la lignée des raconteurs engagés d'histoires nécessaires.

Le soldat français rit de partout. Le rire des tranchées, c'est un rire exceptionnel, merveilleux. Il apaise la faim, trompe la soif. Il rassasie et désaltère quand on n'a rien que du Boche à se mettre sous la dent et au creux de l'estomac. Qui rit dîne et le tour est joué ! D'ailleurs, le soldat français ne pourrait pas se passer de rire, car toute épreuve n'est pour lui qu'une récréation. Au combat comme à la fête, il faut qu'il y aille à gorge déployée. Allez-y, les joyeux, les bons enfants, les types, les lascars ! Soyez gais ! Amusez-vous ! Dansez ! Riez ! Chantez !

HENRI LAVEDAN,
L'Intransigeant

Mais priez Dieu que tous nous veuille absoudre.

FRANÇOIS VILLON,
Ballade des pendus

Villemoye, Aisne, zone du front

30 juin 1917

— Qu'est-ce qu'il a dit ?
— Je ne suis pas certain d'avoir compris…
— Quelque chose comme « ça fait mal quand on meurt »…
— Je crois qu'il posait la question.
— Ça fait mal quand on meurt ?
— Oui, c'est cela, il demandait.
— Je n'ai pas entendu. Mon Dieu, avec le bruit de la pluie, je n'ai pas entendu…
— Cela n'aurait rien changé.
— Personne ne lui a répondu…
— À présent, il sait.

L'affaire Jonas est close. Justice a été rendue. Justice. En écrivant, ma plume hésite. Pour la première fois, je doute. Je savais la justice faillible, elle est une action humaine. Aujourd'hui, elle me semble pareille à ces lacs dont les reflets donnent aux choses l'apparence trompeuse de la vérité.

Antoine Jonas est mort à cinq heures hier matin. Le commandant de Guermantes lui a donné le coup de grâce. Pauvre Guermantes, nul mieux que lui ne sait désormais combien le privilège de porter un pistolet est un fardeau écrasant. Tandis qu'il pressait la détente, il a eu cette expression de détresse résignée qu'ont parfois les suicidaires devant l'échec de leur vie. Sous la pluie battante, les hommes ont présenté les armes et leur demi-tour réglementaire a résonné comme un glas. Demain, ils remonteront en ligne. Leur assaut aura la rage dérisoire des causes auxquelles on ne croit plus. Ils s'en acquitteront avec cette discipline dont on prétend qu'elle fait la force des armées. Elle n'est que fatigue et renoncement. Nous continuerons à combattre, pourtant. Le devoir nous fera commander des attaques vides de sens. Nous y donnerons l'exemple, nous efforçant de devancer le sort des hommes pour mieux le partager. Tomber à leurs côtés est la seule fierté qui nous reste.

La charge qui m'a été confiée pesait d'un poids inhumain. Jusqu'au bout, je me serai pourtant battu pour défendre Jonas. Je l'ai fait avec le sentiment que la justice militaire, parce qu'elle est justice, était l'honneur de l'armée. En se reniant, elle l'aura servie comme un valet son maître. Je ne sais si cette lettre vous parviendra. La censure n'épargne pas le courrier des officiers, et, pour illusoire qu'elle soit, c'est une forme d'égalité que je me refuse à contester. Qu'on lise donc ce que le capitaine Duparc a dans le cœur !

Le jour se lève, j'ignore si le crépuscule me trouvera en vie. Ordre nous a été donné d'attaquer. Je ne l'ai pas encore annoncé à la compagnie. Que ceux qui le peuvent se reposent. Il est trois heures. La tranchée résonne des bruits étouffés qui s'accrochent à la nuit.

L'averse, qui n'en finit pas, les toux, les ronflements, les chuchotements, les corps qui se retournent, le pas de la garde dans les flaques, la course des rats en quête de cadavres. Ce désolant bruissement des repos précaires, je l'entends peut-être pour la dernière fois. Aussi, je ne partirai pas sans avoir parlé. Quand j'aurai terminé, vous saurez ce qu'a été vraiment l'affaire Jonas. Mais avant, chère Louise, je vous aurai embrassée très tendrement.

Caporal Fleury, fourrier

Jonas ? Quand il a débarqué, on aurait dit qu'il tombait de la lune. On en voit ici, des paumés. Y a que l'embarras du choix. Des qu'ont jamais eu d'autre horizon que le cul des vaches. Des mômes, encore barbouillés des confitures de leur mère. Des types qui chialent sur la photo de leur blonde… C'est autant qui tomberont un matin, de la terre dans la bouche et les tripes à l'air. Ceux-là, on lirait leur avenir comme dans un livre ouvert. Viande premier choix. La fête aux asticots, c'est une question de jours. Lui, c'était autre chose. Un vrai poème. Les uniformes sont pas de la haute couture, je vous apprends rien, mon capitaine. Y a pas injure à l'armée que de le dire, hein ? On les taille pas pour faire le gandin. Pourtant, chacun trouve chaussure à son pied et finit par marcher au pas. Lui, non. Je m'en souviens comme si c'était hier. J'allais fermer la cambuse quand il toque à la porte.

— Qu'est-ce tu veux, mon gars ? je lui demande en le voyant posé comme un paquet de linge oublié.

— Ça me va pas, il dit.

— Quoi donc ?

— Les habits, ils sont trop grands.

Sa façon de dire « les habits », comme s'il pigeait pas de quoi il s'agissait. Notez qu'ils étaient grands. Il flottait dedans comme un bouchon dans une bouteille.

— Ils sont trop grands, il a redit.

Et il attendait, sans idée d'y faire quoi que ce soit.

— Tu seras plus à l'aise pour y fourrer des canards, j'ai rigolé.

— Des canards ?

— Dame, pas des colverts, pour sûr, des journaux.

— Des journaux…

— Ça protège du froid. Plus tu te matelasses, mieux t'es.

J'ai cadenassé le rideau de fer, la soupe attend pas… Mais lui, il insistait.

— Tout de même, ils sont trop grands.

Il disait pas autre chose, un vrai disque rayé. Il tendait les bras et il regardait ses manches qui lui recouvraient les mains.

— Tu vas pas en pondre une pendule. Tu les remontes, ça fera la rue Michel.

— Et les culottes ? il demande.

— Le pantalon, tu veux dire…

— C'est trop grand…

— Bordel de nom d'un foutre ! j'y crie, sauf votre respect, mon capitaine, il me courait sur le haricot. Tu le rentres dans les bandes molletières et tu serres. Qu'est-ce que tu crois ? Qu'on est chez Poiret ici ? Tu devrais t'estimer verni, les Boches te verront plus gros que tu l'es, leurs baïonnettes te passeront à côté du lard.

Avec n'importe quel gars, l'histoire aurait pas tiré à conséquence. Pour lui, ça a été le début. Si j'avais pu prévoir…

Aisne, zone du front

C'est un sarment. Une vigne poussait, par ici. Le raisin s'accroche partout. Piquette ou château-margaux, il est affaire de terre. Ou de sang.

Quand même, ce sarment-là étonne. Les obus ont tant labouré le sol… Ils y ont ouvert une saignée, creusée de trous et de cratères. Avec les griffures des barbelés qui font des cicatrices au ciel. Et les corps qui pourrissent sous le vol des corbeaux. Ceux-là agitent des tourbillons noirs, et lourds quand ils s'abattent. Leurs croassements comme des rires d'affamés en ripaille.

Un choucas s'est posé. De la tranchée, l'œil au périscope, on peut le voir lisser ses plumes. Dans son habit noir, on dirait un fêtard qui va faire bombance. Un deuxième l'a rejoint. Puis un troisième. À présent, ils forment une bande qui se chamaille. À les regarder dans la lunette, on se dit que ce sont de sales bêtes. Mais il faut bien que tout le monde mange. Les morts, ils n'en sont pas coupables. Les corps qui engraissent la terre sont des charognes vides. Le petit Lucien, saute-ruisseau, qu'était du vif-argent. Ducros, le facteur, qui craignait les mauvaises lettres. Et Marcellin, ajusteur chez de Dion, à Puteaux. Caillou, qui faisait l'homme-sandwich. Poupard, maréchal-ferrant. Duclos, le chemineau qui se louait dans les fermes. Et Masclet, le matelassier, qui n'aimait pas l'armée, son « merde » tatoué dans la paume et son air goguenard quand il saluait un officier. Des corps mutilés, gonflés d'air, saignés, éparpillés, mêlés à la fange. Quelle coulée vous a engloutis ? Quelle mitraille a fait de vous de la chair à corbacs ?

Les corbeaux, sur le sarment, battent des ailes. *Clap clap !* Ils sont trop nombreux, maintenant. Ils se serrent, se chicanent. Ils se picorent au sang. Pas un ne cède la place. C'est le droit du plus fort. À la jaffe, les boiteux feront tintin. Ils sautilleront plus loin. De cadavre en cadavre. Chassés par les autres, la multitude furieuse d'être dérangée. Jusqu'à ce qu'ils dénichent un bout d'homme oublié, un os bouffé aux rats, une carcasse nettoyée. Oubliant la peur, ils se risqueront peut-être sur un agonisant. Un moribond qu'agite un souffle trop faible pour faire un geste. Mais ce ne sont que des histoires. N'est-ce pas ? Et de bien vilaines.

Le soldat a laissé son périscope. Tout est calme. Le front ne bougera pas aujourd'hui. Au grand quartier général, l'état-major prépare l'offensive. Culottes de peau, képis à dorures et blanches moustaches. La jambe est galbée, le mollet martial dans les bottes cirées. Sur la table encombrée, une carte dessine le champ de bataille. Les communiqués diront : le théâtre des opérations. Il y a des petits drapeaux plantés. Des flèches colorées indiquent le mouvement des troupes. Il suffit de les suivre. La victoire est au bout. C'est joli. Compliqué aussi quand on ignore l'art militaire. Mais nous sommes entre gens qui savent. L'avance est planifiée. Les diversions sont des farces à l'ennemi. La surprise sera de taille et sacrebleu ! L'idée est audacieuse.

Nul doute, si on leur soumettait, elle séduirait les poilus. Le fantassin aime l'aplomb. Le panache. « Heureux les épis morts et les blés moissonnés. » Qu'il goûte donc un peu de repos. Sa vaillance sera plus grande, sa victoire éclatante.

Le soldat au périscope s'est assis sur une caisse. La caisse est humide, le caillebotis, sous ses pieds, est humide, sa capote est humide, et dans sa pipe le tabac ne prend pas. De temps à autre, une motte de terre spongieuse glisse du parapet. Le chemin que les filles de Louis XV empruntaient pour visiter leur dame de compagnie dans son château de la Bove n'est plus qu'un bourbier où rôde la mort.

Le sarment a cédé sous le poids des corbeaux. Leur vol noir pique l'horizon de taches mouvantes. Détrempé, le sol s'est tassé, dégageant ce qui reste de vigne. C'est un bras. On le distingue à présent. Il est brisé. À hauteur du coude il forme un angle improbable. À son extrémité, la main décharnée agrippe le vide. On dirait qu'elle lance un lambeau de prière. Ou un blasphème.

Commandant de Guermantes

Prenez un siège, Duparc. Une cigarette ? Ce sont des anglaises. Non ? Je n'insiste pas. Venez près du feu, vous êtes trempé. Vous finirez par attraper la mort. Inutile d'aller au-devant, elle rôde assez dans le secteur. Vous la sentez ? Cette odeur de pourriture, c'est elle. Le parfum de la dame en noir est une puanteur, n'en déplaise à ce brave Leroux et à son Rouletabille…

Nom de Dieu, quelle froidure… En cette saison… Et cette humidité qui vous traverse jusqu'à la moelle… Versez-vous un cordial, il vous réchauffera. Du whisky, le remontant des troupes écossaises. Cela signifie eau de vie, paraît-il. Eau de vie. Jamais nous n'en aurions eu autant besoin.

Pardon ? Le soldat Jonas. Oui, bien sûr. Vous êtes son défenseur, fichue mission. Nom d'un foutre, on gèle, ici. Ordonnance ! Ordonnance !

Où est-il encore fourré, celui-là ? Bon sang, il faut tout faire soi-même… Pouvez-vous tisonner le feu ? Que disions-nous ? Ah, Jonas. Quelle plaie ! Notez qu'aussi bien, il peut simuler. Je n'ai jamais pu me forger une opinion. On lui donnerait parfois le bon

Dieu sans confession. Il vous a fait ses yeux de veau, bien sûr. Pourtant, regardez-le à la dérobée. Lorsqu'il ne se croit pas observé, son visage change du tout au tout. Il vous a des airs de gredin. Tout le temps qu'il a été dans la compagnie, il a accumulé les négligences. C'en était devenu une attraction. Mais nous sommes à la guerre, bordel ! Pas au café-concert ! On en a vu, des hommes, payer le prix du sang pour le fusil mal nettoyé d'un soldat indolent. Jonas… Je me suis souvent demandé s'il ne le faisait pas exprès. Une désobéissance masquée, hypocrite, comme ces ouvriers qui sabotent les cadences mais jamais n'annonceront la couleur.

Quoi qu'il en soit, je ne tolère pas ça chez moi. Il suffit d'une planche pourrie pour que le convoi verse…

Vous avez ranimé le feu ? Cette fichue cheminée ne tire pas. Qu'a-t-elle aujourd'hui ? La dernière fois, c'était un pigeon mort. Bagué, qui plus est. Un porteur de pli qui s'était roussi le croupion à s'endormir à la chaleur du conduit. Ronfler pendant le service, voilà où ça mène. La catastrophe en chaîne. Le téléphone était coupé. Faute du message, l'artillerie a tiré trop court une heure de rang. Bordel de merde ! Ils ont pilonné nos propres lignes. Tout ça parce qu'un abruti de ramier s'était chauffé le cul comme une fille de joie. Vous me comprenez, n'est-ce pas ? Vous commandez, vous aussi, et bien. Aujourd'hui vous êtes avocat, mais vous savez ce que notre grade implique. Que Jonas soit un imbécile authentique ou une fieffée canaille ne change rien. Il vous revient de le défendre. Soit. Vous vous en acquitterez comme vous menez les hommes. Avec rigueur et droiture. Mais vous connaissez le péril qu'un Jonas fait courir à une compagnie. Parce que vous êtes officier, et bon officier, vous ne pouvez l'accepter.

Passez-moi cette bûche, Duparc, voulez-vous ? Oui, celle-ci… Avez-vous remarqué ? Ce feu dévore le bois sans donner plus de chaleur qu'une chandelle. Cela a commencé voilà trois jours. C'est à n'y rien comprendre. Et cette odeur… Vous la sentez, cette fois ? Par tous les diables, elle devient irrespirable. La mort, mon vieux, la mort tourne autour de cette guitoune comme une catin malade. Je n'en dors plus. Voilà des nuits que je ne dors plus. Je ne l'ai jamais sentie si proche. Elle me suit depuis Laffaux. Vous y étiez… L'abattoir… Mon vieux, l'abattoir… Ce n'est plus une guerre où l'on mène des hommes, c'est un égorgeoir où l'on pousse des bêtes fourbues… À se demander si le haut commandement sait encore de quoi il retourne…

Fichtre ! La bouteille est vide. Dans la cantine, près de vous, il doit y en avoir une autre, donnez-la-moi, je vous prie…

Jonas… Oui, il faisait partie de la première vague. La compagnie avait déjà eu sa ration de pertes. Trois assauts en trois jours. Trois échecs sanglants. Depuis l'aube, notre artillerie pilonnait pour couvrir une nouvelle sortie. En face, les Boches répliquaient sur le même ton. Leurs mitrailleuses balayaient le sol. Les balles passaient au-dessus de nos têtes comme des milliers d'étoiles filantes. Et les obus… Un feu roulant qui allumait le ciel… À vous faire croire que le jour voulait s'arracher à la nuit pour mieux foutre le camp. La tranchée s'illuminait, tantôt rouge, tantôt blanc. Un blanc terrible qui donnait aux hommes l'apparence des cadavres. Jonas se tenait au milieu des autres, muets, plaqués à la paroi en attendant l'assaut. Collés à la terre… On aurait dit qu'ils voulaient s'y confondre. C'était comme une mort précoce… Je me souviens d'avoir éprouvé le besoin de les secouer, de les arracher à la boue… L'explosion d'un obus nous a éclairés. Un instant, le visage de Jonas m'est apparu. Il avait cette expression de malice qu'ont parfois les idiots lorsqu'ils s'apprêtent à jouer un mauvais tour. La tranchée a replongé dans le noir. Quand une nouvelle explosion l'a rallumée, il avait repris son air buté.

Sur l'échelle, Landry a ordonné l'attaque. Les hommes ne bougeaient pas. « On va se faire clouer sur place », a objecté l'aspirant Filleul. « Bon Dieu, vous croyez que je l'ignore », a répliqué Landry à voix basse. « Avec moi, les hommes ! » il a crié. Et il a enjambé le parapet. Le premier rang l'a suivi. Les autres semblaient tétanisés. « Allez, les gars !, a hurlé Filleul, on va pas laisser les copains se faire crever la peau. » Il n'était pas plus tôt en haut qu'une rafale l'a proprement décapité. Son corps sans tête est retombé dans la tranchée. Vous avez déjà vu s'agiter un homme qui n'a plus sur les épaules qu'un grand manque sanglant ?

Vraiment, vous ne voulez pas un verre ? Il fait si froid… En plein mois de juin…

J'ai pris sur moi d'annuler l'attaque. Quand j'en ai référé, savez-vous ce que Mignot m'a rétorqué au bigophone ? « Le général n'appréciera pas. »

Vingt kilomètres à l'arrière, le colonel Mignot me faisait savoir ce que notre général appréciait. Il usait de ce ton avec lequel il m'aurait dit que cette vieille baderne n'aime pas le poulet froid ou la musique de chambre. Nom de Dieu de nom de Dieu, Filleul sans sa tête se vidait devant les hommes et ceux qui étaient encore en vie avaient déjà essuyé trois sorties.

Ordonnance ! Où est-il encore, celui-là ?

Jonas ? Il a rejoint la compagnie huit jours plus tard. Entre-temps, on l'avait expédiée à l'arrière. C'est la raison pour laquelle il ne l'aurait pas retrouvée. Possible, mais qu'a-t-il foutu jusque-là ?

Ordonnance !

Ordonnance ! Bordel de foutre !

Duparc, acceptez-vous une confidence ? Je crois que je me moque du sort de Jonas. Qu'on l'acquitte et il aura sauvé sa peau jusqu'à la prochaine fois. Qu'on le fusille ? Cela fera une carcasse de plus à engraisser la terre. S'émouvoir du sort d'un homme quand il en tombe des milliers…

Pardon ? La justice ? Quelle idée… Croyez-vous que tout ceci soit juste ?

Chut ! Vous la sentez à présent ? La mort, parbleu, la mort. Elle vient ravir le souffle des blessés… Son haleine vous frôle comme un air glacé et vous êtes sa proie prochaine. Vous sentez, maintenant ? Les chairs décomposées… Le froid du tombeau…

Ordonnance ! Du bois ! Vite ! On gèle, ici !

Premier interrogatoire du soldat Jonas par le capitaine Duparc

(notes du caporal Bohman, greffier)

— Quand on est sortis de la tranchée, on n'a pas fait dix mètres. Les *minenwerfer* tombaient de tous les côtés. Avec leurs fusées éclairantes, les Boches nous ont repérés tout de suite. Ils ont mis leurs mitrailleuses en batterie. Ils nous ont tirés comme des pipes à la foire… C'est drôle… Le souvenir m'en est venu dans mon trou d'obus où j'avais basculé. C'est-y vrai qu'on revoit sa vie avant de mourir ? La foire, c'était comme si j'y étais… Les pipes blanches qui éclatent. *Clac !* Les beignets… Tout chauds, et bien gras… La loterie, avec ses numéros comme des soleils qui tournent… La roue s'est jamais arrêtée sur le mien…

— Vous n'êtes pas ici pour évoquer vos souvenirs d'enfance.

— Pardon, mon capitaine.

— Vous savez pourquoi vous êtes aux arrêts…

— C'est à cause du retard…

— Le retard ?

— J'ai rejoint le régiment avec huit jours de retard. Je suis resté coincé vingt-six heures dans le trou d'obus que je vous causais. C'était pas possible d'en sortir tant ça canardait. Pas possible...

— Vous en êtes tout de même revenu. Et sans une égratignure...

— Pour ça, j'ai eu de la chance... C'est sainte Barbe sûrement.

— Sainte Barbe...

— La patronne de chez moi. J'ai sa médaille sous mon tricot de peau... Là, tenez...

— Je vous crois, je vous crois.

— C'est bien, ça. Faut me croire, parce que vingt-six heures là-dedans, je le souhaite à personne. C'est comme un tombeau de boue qui vous aspire. Et le glouglou de la vase... Au pays, j'ai vu un agneau pris dans une tourbière. Probable qu'il était entré dedans histoire de goûter à la mousse. C'est pas futé, les agneaux... Il s'était engagé trop loin. Quand je l'ai trouvé, il en avait déjà jusqu'au poitrail. Il avait dû se débattre, mais plus on remue, là-dedans, plus on s'enfonce. Alors, il bougeait plus. Il se faisait avaler par les sphaignes et la terre qu'est plus qu'une éponge à l'endroit que je vous parle. De temps en temps, il faisait bêêê, et plouf ! il descendait d'un cran. Après, il a même plus bêlé. Il s'est contenté de regarder droit devant. Et il a disparu...

— Pas vous, à l'évidence.

— Au bout de vingt heures, les Boches ont arrêté de canarder. J'ai attendu la nuit, puis je suis sorti.

— Le lieutenant Landry était déjà mort ?

— Je sais pas. Personne bougeait. J'ai appelé, tout doucement, rapport au son qui porte loin dans le silence. Après, j'ai rampé jusqu'aux lignes. Trois heures, que ça m'a pris pour faire dix mètres.

— Ensuite ?

— On m'a dit que la compagnie était retournée au cantonnement. J'ai pris la route, mais je me suis perdu dans la forêt. J'ai marché trois jours…

— Trois jours…

— Je tournais en rond. La forêt est profonde. Quand je suis rentré, j'ai expliqué. On m'a collé aux arrêts deux jours plus tard. Ça rime à quoi ?

— Vous ne savez pas ?

— On m'aurait fourré au gnouf tout de suite, encore…

— Jonas, vous ignorez ce dont on vous accuse ?

— Pas de désertion, tout de même, puisque j'ai rejoint…

— Jonas, bon sang ! Vous êtes accusé de meurtre…

À l'annonce de l'accusation, le soldat Jonas est saisi d'une violente crise nerveuse qui contraint à mettre un terme à l'interrogatoire.

Rapport du major Dupeux, médecin-chef

Je soussigné major Dupeux Aimé, médecin-chef au 334e régiment d'infanterie, certifie avoir examiné le corps du lieutenant Landry qui m'a été amené le 1er juin. La nécrose avait commencé, mais son stade permettait un examen normal.

La mort peut, sans risque d'erreur, être imputée à un coup de baïonnette.

Sur une hauteur d'environ 30 cm, entre la 3e et la 9e dorsale, le dos du lieutenant Landry porte une déchirure large de 6 cm.

L'état de la plaie, ses bords et sa dimension indiquent qu'elle a été produite par une arme perforante du type baïonnette. La lame a pénétré de bas en haut sur une profondeur de 40 cm, sectionnant le canal rachidien. En ressortant, elle a déclenché une hémorragie par section de l'artère pulmonaire. La mort a dû être instantanée.

Le corps du lieutenant présente en plusieurs endroits — cuisses, tronc et visage — des morsures de rats. Certaines sont localisées sur la blessure mais son examen approfondi laisse néanmoins penser qu'elle a été faite par une baïonnette de type Gras manufacture de Saint-Étienne, modèle dont sont équipées nos troupes. Compte tenu de ses caractéristiques, j'exclus qu'elle puisse être imputée à la baïonnette utilisée par l'armée allemande.

Braine, 1er juin 1917

Soldat Varlin, brancardier

Le lieutenant, on l'a trouvé en ramassant les morts, Émile et moi. C'était pas beau à voir, là-dedans. Ils étaient trois dans le trou d'obus.

Emmêlés comme des pantins au fond d'une malle, a dit Émile en les retournant.

Émile, il est marionnettiste, dans le civil. Vous savez, ainsi font, font, font… Ceux-là, ils avaient fini leurs trois petits tours. Les deux du dessus étaient déjà bien bouffés par les rats. Des gaspards gros et gras, dégueulasses, nourris à la chair de poilus. Ils s'en étaient donné à cœur joie, les saloperies… On a tiré à pile ou face celui qui descendrait dans le trou. Pile. Émile a haussé les épaules et il s'y est collé.

Le prochain coup ce sera face, j'ai dit, histoire de le réconforter…

Il pataugeait dans la boue qu'il vaut mieux pas savoir ce qui y barbote.

C'était le petit matin, glacial, avec l'humidité qui vous trempe jusqu'aux os. On a beau s'entortiller dans du journal, les frusques collent à la couenne comme des guenilles gorgées de flotte. Les Boches avaient cessé le feu. Ils récupéraient leurs blessés et leurs macchabées, eux aussi. Une veille de Pentecôte, chacun fait le croque-mort sans emmerder le voisin. On peut pointer son nez sans trop se le faire allumer. Dans le grand silence qu'est celui de l'aube, quand le canon a fermé sa gueule, les plaintes montaient de partout, comme si la terre geignait. Les infirmiers savaient plus où donner de la civière. Nous, on était moins pressés. Les mortibus ont pas le feu au derche. Dans ces moments-là, on ramasse ce qu'on peut, d'abord les moins amochés. Les morceaux, moi je les laisse. Chacun sa manière. J'en connais qui ramènent que les bouts, c'est moins lourd à charrier. Je discute pas, mais, un cadavre complet, ça fait mal au cœur de le laisser pourrir. Je voudrais pas qu'on abandonne ma carcasse toute seule. J'aurais l'impression de mourir deux fois. C'est idiot, non ? Et puis, sans être cul-bénit, on sait pas ce qu'il y a de l'autre côté. La résurrection de la chair et la vie éternelle, amen, tout ça vous trotte dans le ciboulot. On gamberge, on se dit qu'on a peut-être plus de chances de ressusciter entier… Dame, vous voyez un bras ou un tronc frapper chez saint Pierre ? Il serait bien emmerdé pour en faire quelque chose. Le paradis, c'est pas un magasin de pièces détachées.

Bref, je pensais à tout ça quand j'entends Émile.

— Merde, qu'il dit, c'est pas ordinaire.

— Quoi donc ? j'y demande.

L'ordinaire, ici, c'est sa peau qu'on laisse aux barbelés comme un serpent qui mue.

Émile répond pas.

— Quoi qu'il y a ? je dis en me baissant.

— Le lieut', il lâche devant le corps du lieutenant Landry, il a été descendu par-derrière.

— Eh ben, j'y fais, peut-être qu'y mettait les bouts.

Croyez pas que je sois défaitiste, mon capitaine, mais vous savez bien qu'homme du rang ou officier, on a tous des moments de faiblesse.

— C'est pas une balle, qu'il a pris, continue Émile, on dirait un coup de Rosalie.

— Qu'est-ce tu chantes, beau merle, je réponds, il aura encaissé un éclat de shrapnel. Ce sera pas le dernier à se faire hacher par un bout de ferraille.

— Cette ferraille-là, elle tombait pas du ciel, j'en parierais mon quart de rouge.

Ça m'a intrigué vu qu'Émile a pas l'habitude de gaspiller le pinard. Il descend son litre plus vite que son Boche. La cirrhose l'aura avant les francs-tireurs.

Récupérer les corps, ça a pas été du tout cuit. Raides qu'ils étaient, craquants comme du bois mort, et tout alourdis de flotte. Quand on a eu fini, j'ai examiné le lieutenant. Pour sûr, il avait morflé dans le dos. De là à dire que c'était une baïonnette… Aussi bien, ça pouvait être un bout de marmite qui lui était entré dedans.

— Il était allongé la tête vers les lignes allemandes, a insisté Émile pour enfoncer le clou. Un éclat de là-bas l'aurait touché de face.

— Ça prouve rien, j'ai répliqué. Si la hausse était réglée sur notre tranchée, le shrapnel est tombé derrière le lieutenant. En explosant, il a arrosé autour et le lieut' en aura pris dans le dos.

Émile voulait pas en convenir.

— Tu verras ce qu'en dit le major, il a fait.

Après, on est rentrés en tirant la charrette, la trêve, ça dure pas longtemps.

Cantonnement de Villemoye, zone du front

Deux kilomètres à pied, ça use les souliers. La chanson surgit des souvenirs, comme une montée d'enfance. Les genoux couronnés, les galoches et le goûter dans la musette. Elle ne pesait pas vingt-cinq kilos, alors. C'était le temps des jeux, la petite guerre et ses épées de bois, des cerisiers en fleur et des chemins creux. Celui qu'ils suivent à présent est bourbeux, creusé de rigoles et d'ornières, il serpente entre deux parois de terre noire. C'est un boyau. Les rats y courent, les hommes y cheminent, courbés, crottés, butant dans la caillasse, glissant dans la gadoue qui les aspire avec un bruit de succion. Le boyau a des échos d'intestin. Il serpente sur des kilomètres. Zigzaguant entre les lignes, il relie les tranchées. On y monte crescendo. Troisième, deuxième, première ligne. Direction l'enfer.

Si on en revient, à la relève, le boyau ramène à la vie. Celle de la caserne. On l'a reconstituée dans un bourg à bestiaux. C'est le cantonnement. Avec ses exercices, ses présentez armes, épaule gauche, demi-tour droite. Les *han, deï, han, deï !* beuglés par un adjudant pourri jusqu'à la moelle. Il débarque de la coloniale. Cassé, quelque part au Tonkin, pour avoir, un soir d'ivresse, braillé « Il est cocu le capitaine » et baisé sa congaye.

Après huit jours de ligne, on va se le farcir. Lui, son aigreur et ses revues de détail. Les casques à briquer, les flingots à nettoyer, les marches au pas, barda au dos, et les exercices. Baïonnette au canon ! Pointez ! Piquez ! Rassemblés comme au spectacle, des paysans qui n'ont pas évacué regarderont le foin percer les sacs à grains sans rien savoir d'une panse humaine perdant ses tripes.

Avec un peu de chance, on aura droit au colon. Il arrive de la métairie où il a le gîte et le couvert. À vingt kilomètres. En cette saison, la nature est belle encore, frémissante de rosée. La vie au grand air. Vivifiante. Rustique, mais diable, nous sommes des soldats ! Ce matin, son ordonnance, un clerc de notaire dont il a connu la mère, a préparé le café, fort, et les tartines de pain blanc. Tranchées larges à la miche. L'œuf sera mollet, le colonel les aime ainsi. Il y aura aussi une pomme, acide pour s'éveiller la bouche, et des noix pour se faire la main.

Il débarquera au cantonnement, véhiculé par son chauffeur, les bottes lustrées et la cravache cinglant l'air comme pour chasser un taon sur le dos d'un cheval. Il aura un mot, lancé ici et là. Il dira : « Eh bien, soldat, on se fait à l'état militaire ? » Plus loin, ce sera : « Alors, mon gaillard, la soupe est bonne ? » En bon pépère, il humera le rata dans la roulante : « Pas trop de gras, les enfants, pas trop de gras, surtout. C'est du Boche qu'il nous faut bouffer, et pour ça : du muscle, du nerf. » Après quoi, il regardera les poilus lui jouer attaque à la Rosalie. Il appréciera, l'œil connaisseur : « Bien, bien. » Puis il repartira en saluant la clique qui lui donne une aubade. *La Madelon*, *Sambre et Meuse*. Un fameux concert, tout en cuivres et en grosse caisse. De la belle harmonie, comme au kiosque à musique, sous les tilleuls des jardins publics. Plus viril, bien sûr, la valse attendra. Elle est viennoise, autant dire ennemie. Les doubles-croches soufflées au ciel appellent la marche au canon. En repartant dans son auto qui tourne le dos au front, le colonel sifflote.

Déjà, la fanfare enroule ses drapeaux. Corvée de balai. Corvée de chiottes. Corvée de tout. « Plus vite, et que ça saute, je commande pas à des bœufs. » Le soir venu, la popote servira les raclures de silo. L'ordinaire, on l'améliore chez l'habitant. « Combien pour six œufs ? » Et par-dessus, le vin. Le rouge, le pinaud, le pinard. En quart, en ration, en litron, au tonneau. Vendu dans les caves et à l'estaminet. Du gros qui tache, de l'assommoir. Et glou et glou... De l'oubli en boutanche. La soupape liquide. Du rêve aux étoiles, parfois, et du dégueulis.

Bien plein, bien torché, la tête vidée de toute l'horreur, on retrouvera, titubant, la grange où ronflent les camarots. Dans la paille fermentée à l'odeur de pissat où on s'abat comme une brute, viendra enfin le sommeil lourd. La torpeur saoule du poivrot.

Rapport de l'adjudant Blavaud, Germain, sous-officier de semaine

Le 14 avril 1917, à vingt-deux heures six, le deuxième classe Jonas a été amené au poste de police par le caporal Marcale escorté des sentinelles Bouvard et Leguen. Une vive altercation l'avait opposé au lieutenant Landry à propos de sa tenue négligée.

Le soldat Jonas était dans un état d'ébriété avancé. Son agitation avait nécessité la présence de trois hommes pour le conduire aux arrêts. À son arrivée, la prostration avait succédé à l'« intense excitation » qu'il avait, au dire du caporal, manifestée lors de l'incident et de son transfert au poste.

Le soldat Jonas a été conduit en cellule sans opposer de résistance. Il a passé une nuit calme. À deux heures dix, il a appelé la garde pour satisfaire un besoin naturel. Hébété, il semblait ne pas se souvenir du motif qui avait justifié sa mise aux arrêts. Lorsque lecture en a été faite par le sergent de semaine, il a déclaré ne rien se rappeler.

Le 15 avril 1917, à vingt-deux heures dix, après vingt-quatre heures passées aux arrêts, le deuxième classe Jonas a quitté le poste de police pour rejoindre sa compagnie.

Soldat Ravier

C'est parti sur un truc idiot, mon capitaine. Une histoire d'uniforme. Jonas arrêtait pas de seriner que le sien était trop grand. Il ne se passait pas un jour sans qu'il nous bassine. C'était devenu une idée fixe. Une obsession, aurait dit le toubib. Et « mes habits » par-ci, et « ça me gêne » par-là. À force, on n'y faisait plus attention. « Paire-de-braies », on l'appelait. C'est Lupin qui avait trouvé ça, rapport aux culottes des Gaulois. Lupin, avant d'être mobilisé, il faisait le maître d'école. Près de Saint-Omer. C'était doublement bien observé à cause que braie, ça rappelle aussi le cri de l'âne. Le Jonas, ça lui allait comme un gant. Un gros gant, mal taillé. Tout lui, quoi. Les petits noms ça lui manquait pas. Celui qui lui est resté, c'est Tranche-gaye, tranche de cake quoi, et de là : Tranchecaille, rapport aux tranchées et à tranche-couillon. C'est pour vous dire…

Le lieutenant avait pas eu le temps de s'y faire. On l'avait touché en remplacement du précédent qu'était pas revenu de l'assaut. Il était encore raide du cuir mais il aurait pas été long à s'assouplir. Les jeunots sont tous pareils. Au début, on les croirait amidonnés. Leur trac cousu sous les galons. C'est humain. Ils n'ont pas vu le millième de ce que le dernier des poilus encaisse depuis des mois. Leur baptême du feu, c'est devant nous qu'ils le passent. Une fois qu'ils sont montés en ligne, les hommes les ont jaugés. C'est seulement là, pour peu qu'ils aient su se tenir, qu'ils peuvent se dire officiers. Sinon, ils pourront toujours gueuler « À vos rangs fixe ! », ils seront jamais que des pantins pour Mardi gras.

Allez savoir ce qu'il a pensé, Jonas, quand le lieutenant lui a demandé de remettre de l'ordre dans sa tenue. De l'ordre dans la tenue… J'invente rien. Après des mois dans le sang et la merde, un gamin pommadé comme un officier d'opérette se pique de faire la revue de détail. Et pourquoi pas s'accrocher une queue-de-pie pour se faire trouer la peau ?

Jonas le regarde avec son air qu'on sait jamais s'il est tombé des nues ou s'il se fout du monde :

— Mon habit est trop grand, il fait.

Le lieutenant arrondit les yeux comme des soucoupes.

— Votre habit…, il répète, médusé.

— Il bâille de partout, continue Jonas, ça me gêne.

— Vous désirez que nous fassions une retouche ? demande le lieutenant, façon tailleur de la Belle Jardinière.

Tranchecaille gobe l'astuce plus vite qu'une carpe avale l'hameçon.

— Vrai ? il fait. Ça vous serait-y possible ?

On sentait la maldonne. Le sergent Rimbert fait signe que Jonas a pas inventé l'eau chaude, mais le lieutenant était si braqué à l'idée de perdre la face devant nous autres qu'il voyait plus rien.

— Mieux que ça, il cingle, plus sec qu'un coup de badine, nous pouvons procéder à un échange, monsieur Jonas... Si vous le souhaitez, vous n'avez que l'embarras du choix.

— Merci, mon lieutenant, répond l'autre, tout content de trouver quelqu'un qui s'occupe enfin de son cas.

Et pour faire bonne mesure, il salue comme au lever des couleurs.

Qu'est-ce qu'il avait pas fait là ? On aurait cru que le petit lieutenant avait eu droit à l'injure au drapeau. Son teint devient terreux comme si son sang était descendu dans ses bandes molletières.

— Un de vos camarades mort au combat porte certainement un... habit... à votre goût. Voulez-vous choisir celui qui vous convient ?

On aurait entendu les mouches voler si elles avaient pas été occupées après la charogne d'un cheval.

Vous vous souvenez de Bersot, pour sûr... L'affaire de Crouy... On s'est dit que ça recommençait. On s'est attroupés. Le bruit de nos godillots dans la bourbe a fait comme une eau qui monte. Lupin prétend que c'est ce qui a ramené le lieutenant à la réalité. Il était un peu vert pour se coltiner la grogne des anciens. Des mutineries partaient pour moins que ça. Pas un de nous n'y avait songé, mais qui sait si on n'en avait pas l'air ? En tout cas, le lieutenant a jugé que le jeu en valait pas la chandelle et que reculer c'est pas capituler. Comme quoi, il était pas mauvais.

— Reprenez votre place, il a dit à Jonas, sur l'air que doit avoir Lupin quand il conseille le dernier de la classe après l'avoir engueulé. Et la prochaine fois, faites en sorte que votre tenue soit conforme à ce qu'un soldat doit en attendre au combat si vous ne voulez pas finir comme vos pauvres camarades.

Caporal Bohman, greffier

Vous êtes de la classe 16, mon capitaine, mais les anciens s'en souviennent. Crouy. C'était en février 1915. Un mois plus tôt, le 60ᵉ d'infanterie avait perdu mille cinq cents hommes. En un jour. Sur un ordre : s'emparer de la position ennemie. Derrière ses haies de barbelés, elle tenait depuis des semaines. Plantée sur le plateau comme la couronne d'épines sur le front du Christ.

Toute la nuit, les bourrasques s'étaient engouffrées jusqu'au fond des cagnas où les hommes gelaient dans leurs capotes. La neige faisait un linceul à la terre. Vers cinq heures, on a vu la brume monter du sol. Elle a flotté un moment, on aurait dit ces cheveux d'anges qu'on accroche aux sapins de Noël, puis elle a tout recouvert. Un silence de coton où les bruits du réveil paraissaient lointains.

Calfeutré dans le PC, le colonel ne quittait pas le périscope :

— Le brouillard est pour nous. Dans deux heures, il se sera dissipé. Envoyer une patrouille cisailler leur ferraille, c'est reporter l'attaque. Une purée de pois pareille ne se rate pas, elle se déguste.

Ce sont nos poilus qui ont dégusté. D'un coup, le vent a balayé le brouillard, les offrant au feu allemand. Les plus avancés se sont retrouvés dans les barbelés. De la viande pendue aux crocs d'une boucherie…

Quand les mitrailleuses se sont tues, on a entendu les gémissements. On aurait dit la plainte du vent mais vous auriez voulu qu'il n'ait jamais soufflé à vos oreilles.

Ce qui restait du régiment a été envoyé à l'arrière, pour le reconstituer. En quelques jours, les hommes avaient changé. Fermés, abattus, irritables. Ce n'est jamais bon quand les rangs renâclent. Autrement, le refus de Bersot n'aurait peut-être pas tiré à conséquence, mais là, l'air était trop électrique. Bersot ne s'en est pas rendu compte. C'était un Bisontin. Autant dire un têtu. Depuis des jours, il grelottait dans son pantalon qui n'était plus qu'une loque. Il en demande un autre. Quoi de mal là-dedans ? Le sergent Boisson répond qu'il n'en a pas. Bersot grogne, tient un jour de plus et revient à la charge. Boisson a dû penser que son autorité était en jeu.

— Un pantalon, en voilà un ! il dit en montrant celui, couvert de sang et d'excréments, qui venait d'un mort.

Bersot se cabre :

— Vous ne voudriez tout de même pas que je porte ça ?

— Si, répond le sergent.

— J'en veux pas !

— Répétez…

— J'en veux pas, pour ça non !

Les dés étaient jetés. Bersot n'avait pas plutôt refusé le pantalon que le lieutenant André, qui commandait la compagnie, s'en mêle :

— Refus d'obéissance devant l'ennemi ? Si vous persistez, vous allez vous mettre dans un mauvais cas…

Bersot proteste qu'il ne peut pas enfiler :

— Une ordure pleine de sang et de merde !

Et voilà le tourniquet en marche. Il aurait pu s'arrêter, mais le rapport du lieutenant prend la voie hiérarchique. Il atterrit sur le bureau du colonel : cour martiale.

Le régiment a grondé. Ils sont venus à cinq trouver André.

— Mon lieutenant, s'il vous plaît, changez le motif. Bersot a une femme, des enfants… On va laver le pantalon et il va le prendre, soyez-en sûr.

Le lieutenant ne veut rien savoir. Ils lui parlent de l'effet sur la compagnie. André prend ça pour une menace. Les cinq hommes sont arrêtés…

La cour martiale a rendu son jugement le lendemain. La mort pour Bersot, six ans de travaux forcés pour ceux qui avaient voulu le défendre. Bersot a été fusillé à l'aube du jour suivant.

Interrogatoire du soldat Carton par le capitaine Duparc

(notes du caporal Bohman, greffier)

— « Attends qu'on soit en ligne... » ?

— Oui, mon capitaine. C'est ce qu'il a dit.

— Et le lieutenant ne l'a pas entendu ?

— Non. Jonas a lâché ça entre ses dents, trop bas pour les oreilles du lieutenant...

— Mais assez haut pour les vôtres.

— Oui, mon capitaine... Je crois que c'est pour nous qu'il l'a dit.

— Pourquoi aurait-il agi de la sorte ?

— Par colère, pour garder la face.

— Il en était coutumier ?

— L'histoire du pantalon l'avait secoué. Il a vraiment cru que le lieutenant allait l'envoyer récupérer celui d'un mort.

— Et vous ?

— Moi ?

— Qu'avez-vous pensé ?

— Je ne sais pas...

— Avez-vous cru que le lieutenant Landry allait le lui ordonner ?

— On le connaissait pas encore...

— Qu'auriez-vous fait ?

— Rien, mon capitaine. Que vouliez-vous qu'on fasse ? Les ordres c'est les ordres.

— Ils n'empêchent pas d'avoir une opinion.

— Non, pour sûr.

— Et ?

— Elle aurait pas été flatteuse.

— Mais le lieutenant ne l'a pas fait.

— C'était un bon officier.

— Jonas a eu peur pour rien…

— Oui.

— Il n'avait donc aucune raison d'attenter à la vie du lieutenant.

— Peut-être qu'il avait honte d'avoir eu peur.

— Vous affirmez que Jonas a formulé sa menace suffisamment haut pour que vous l'entendiez. Qui est ce « vous » ?

— Pardon, mon capitaine ?

— Vous avez déclaré : « c'est pour nous qu'il l'a dit ». Qui sont les autres ?

— Je ne sais plus, les copains autour…

— Lequel a entendu Jonas ?

— Je pourrais pas vous dire…

— Prenez votre temps.

— …

— Essayez encore. Le souvenir doit demeurer présent.

— Il y avait le caporal Marcale…

— Oui.

— Et puis Bouvard, je crois.

— Ils confirmeront.

— C'est-à-dire…

— Oui, soldat ?

— Le caporal est porté disparu.

— Greffier, notez que nous entendrons Bouvard… Vous n'en avez pas parlé entre vous ?

— Je ne crois pas.

— Même à voix basse, il s'agissait d'une menace…

— Oui…

— Une menace de mort sur un officier.

— De mort, c'était difficile à dire…

— Elle pouvait être en l'air ?

— Aussi bien.

— C'est pour cette raison qu'aucun de vous n'en a rendu compte ?

— …

— Vous comprenez quc si vous avez cru à cette menace sans en référer, vous vous êtes rendu complice d'un assassinat…

— …

— Si vous vous êtes tu, c'est parce que vous ne l'avez pas prise au sérieux…

— C'est ça, mon capitaine.

— Alors, pourquoi en témoigner aujourd'hui ?

— C'est que depuis, le lieutenant est mort…

— Ça change tout.

— Plutôt, mon capitaine.

— Vous vous reprochez de ne pas avoir prêté plus d'attention aux paroles de Jonas.

— Oui, mon capitaine.

— Sans le drame, vous les auriez peut-être oubliées…

— Peut-être, oui.

— Ce genre de menaces « entre les dents » n'est pas si rare, n'est ce pas ?

— …

— Parlez sans crainte…

— Cela arrive. La guerre, la fatigue… Les mots, c'est parfois du soulagement.

— Vous voulez dire qu'ils ne tirent pas forcément à conséquence…

— Dame.

— Que les menaces ne sont, heureusement, pas plus suivies d'effet que celles qu'on peut proférer dans le civil contre son contremaître ou son chef de bureau…

— Voilà.

— C'est donc parce que le lieutenant a trouvé la mort qu'elles vous sont revenues.

— Ça changeait tout.

— Vous vous les êtes remémorées à la lumière de son assassinat.

— Oui.

— Les propos de Jonas prenaient une dimension nouvelle.

— Oui, mon capitaine.

— Même s'ils ne sont pas exceptionnels.

— Je ne comprends pas, mon capitaine…

— Moi non plus, Carton, je ne comprends pas.

— …

— Je ne comprends pas pourquoi Jonas, simplement pour avoir été tancé, aurait mis à exécution, avec un tel recul de plusieurs jours, une menace proférée sous le coup de la colère et qui est — Dieu merci — aussi exceptionnellement suivie d'effet qu'elle est fréquemment lancée.

Soldat Ferchot

Jonas et moi, on est pays. On a couru les mêmes chemins et usé nos culottes sur les bancs de la même communale. Je dirais pas qu'on était cul et chemise, non, avec lui c'est pas le mot qui convient, mais on était copains. C'était le fils au charron. Mon père à moi est bourrelier, ça tisse un lien. C'est un brave gars, Jonas, faut que vous le notiez, mon capitaine. Brave gars et sans malice. Quand il jouait des tours, c'était jamais mauvais. De toute façon, même s'il avait voulu, avec sa guigne, il se serait fait poisser plutôt deux fois qu'une. Alors il se tenait à carreau.

Je vous demande pardon ? Oh, non, il était comme les autres, mais plus réservé, voilà tout. Jamais en avant dans nos espiègleries… Son vieux avait la main lourde et la ceinture facile. Surtout quand il avait tété le sirop. Alors Jonas se tenait sur la réserve. Tenez, pour vous le décrire… vous avez déjà vu un chien qu'a reçu des coups, pour sûr. Il en est que ça rend hargneux. Mieux vaut les éviter. D'autres, c'est tout le contraire, y aura pas de roustes assez sévères pour les empêcher de quémander la compagnie des hommes. Les oreilles basses et le dos rond. Donnez-leur l'écuelle et la présence, ils vous lâcheront plus, mais ils se tiendront toujours un pas derrière. Jonas, c'était ça. Pour les amusailles, il laissait pas sa part, mais il restait en arrière. En paroles, il était pas toujours dernier, allez pas croire. Des fois, il lui prenait des idées, c'était à se demander où il les dénichait. Quand on les faisait nôtres, on aurait dit qu'il avait sa récompense. Récompense à quoi, j'ai jamais su. Comme ces chiens dont je causais. À la chasse, ils vous montrent la perdrix et quand ils vous voient la tirer, ils en sont tout frétillants. On croirait que leur plaisir est dans l'arrêt. Pour vous dire que Jonas était bien brave.

Tenez, je vais vous confier un secret. Y a prescription, mais j'en suis pas plus fier pour ça. Les mômes c'est parfois cruel… Bref… je vous passe les détails mais faut que vous sachiez pour bien comprendre. Dans le village vivait un bonhomme qu'on pouvait pas voir, même en peinture… Mauvais, je ne vous dis que ça. Une vraie gale avec les mômes. Arsule, il se nommait. Il était sournois, teigneux, on avait tous un compte avec lui. C'est Jonas qui a trouvé comment le régler. Hélas, ça s'est pas passé comme prévu, l'Arsule on lui voulait pas tant de mal… Enfin… Aux fenaisons, il avait coutume de piquer une sieste dans la charrette. Son champ était pentu, un calvaire pour son pauvre cheval qui peinait sous l'attelage. Il serrait le mors, c'était pitié. Je le revois encore quand on l'a dételé. Il a secoué sa vieille crinière, il a fait deux pas, comme soulagé du poids du monde, et il s'est arrêté pour ruminer la liberté. La pierre qui calait la roue est partie pour ainsi dire toute seule. Quand Arsule s'est réveillé, la charrette a bougé. Lentement d'abord. Mais sur la pente, il n'en fallait guère pour l'entraîner. Bientôt, elle a roulé en prenant de la vitesse. Ses brancards traçaient deux sillons dans les fanes comme des bras qu'auraient voulu s'y agripper. Arsule s'est demandé ce qui lui arrivait. On a pas compris pourquoi il ne sautait pas quand la carriole s'est emballée. En bas du champ, elle avait pris l'allure d'une locomotive lancée à toute vapeur. Quand elle a versé dans le fossé, on ne rigolait plus. On s'est dispersés comme une volée de moineaux. Arsule n'a plus jamais remarché autrement que sur deux béquilles. Elles lui donnaient l'air d'un épouvantail agité par le vent. Personne a jamais rien su. Il a mal fini, Arsule. Plus confit dans la gnôle qu'une cerise à l'eau-de-vie. Nous, on a mis un frein à nos mômeries. Mais le plus désolé, c'était encore Jonas. Pourtant, le jour de la charrette, il était pas avec nous, un devoir oublié lui avait valu la retenue du jeudi. Je vous le dis, mon capitaine. Il a toujours été brave gars.

Lieutenant Bricourt

Je ne comprends pas. Non, vraiment, mon capitaine, je ne parviens pas à comprendre. Un coup de baïonnette… Donné par un de nos soldats… J'ai retourné cela mille fois… Landry était apprécié. Jusqu'à sa jeunesse et aux embrasements d'adolescent qu'il avait conservés. Je le plaisantais à leur sujet. Il avait appris à les masquer, bien sûr. Depuis son arrivée, il les avait domptés, comme on le fait d'un cheval sauvage. Cette triste histoire de pantalon… Oui, on peut dire qu'elle en est un exemple, mais un exemple ancien… Il débarquait. Il a vraiment cru que Jonas se moquait de lui. Qu'il voulait marquer son territoire, l'éprouver devant la troupe. Landry n'était pas militariste pour deux sous mais il avait une si haute idée de cette guerre… Pour lui, c'était celle de la civilisation, la dernière aussi. Jonas, avec son air mi-chèvre mi-chou et son uniforme à la godille exprimait des préoccupations qu'il ne pouvait pas concevoir. Il les a prises pour une provocation et il a réagi en conséquence. Mal sans doute, mais il s'en est rendu compte. Demander à un soldat d'aller quérir le pantalon d'un mort était très loin de lui, croyez-moi. Il a pris Jonas pour un tire-au-flanc, il a voulu lui renvoyer l'image de ses camarades morts au combat. Il l'a fait de façon si maladroite qu'il l'a aussitôt regretté. Il a eu la sagesse de ne pas s'obstiner. Certains l'auraient fait par crainte de paraître reculer. Pas lui. Ensuite, il n'a eu de cesse de se racheter.

Oui, se racheter. À ses yeux d'abord. Il s'était fait honte, il me l'a confié. L'image qu'il donnait n'était pas la sienne. Il voulait l'effacer, ne plus la voir dans le regard de ses hommes. Il y est parvenu. Il y a même gagné une forme d'affection. Le mot est peut-être emphatique mais enfin, vous savez de quoi je parle. Ce lien qui nous unit parfois malgré les grades, ou peut-être à cause d'eux, est si étrange. Comment le qualifier ?

Toujours est-il que plus d'un l'a pris en amitié. Encore un mot qui ne convient pas. Vous me trouverez sans doute ridicule, mais certains ont fini par éprouver le sentiment d'avoir hérité d'un gamin dont ils auraient fait l'éducation. Leurs relations étaient insolites. Comme si de l'avoir dégrossi les rendait fiers. D'eux et de lui. Landry était devenu leur petit lieutenant.

Le jour de l'assaut, ils l'ont suivi sans hésiter. Et pourtant… Ils étaient pour la plupart suffisamment aguerris pour savoir ce qui les attendait. Landry ne leur a pas joué de tambour. Je les revois le long du parapet. Le temps suspendu, leurs visages creusés d'ombres, leur silence. Dans ces moments, la tension est telle qu'elle en vient à étouffer la peur… À nouveau, un mot pour un autre. Après cette guerre, il faudra en inventer de neufs, ceux d'avant ne conviennent plus… Étouffer n'est pas le bon. On n'étouffe pas la peur. Mais pendant de telles minutes il arrive qu'on la relègue. L'esprit se fixe sur le vide. Ce peut être une racine dans la tranchée, une pierre, sa propre main sur le fusil, le casque d'un camarade. Un nom répété comme un mantra. Une prière. Le calme qui vous saisit alors est surnaturel. Affaire de chimie, diraient les savants. Nous libérons, paraît-il, des hormones, des substances… Toujours est-il que cela ne se produit pas n'importe comment. Encore moins avec n'importe qui. Landry agissait sur ses hommes comme un conducteur chimique. Pas un n'aurait voulu fléchir devant le petit lieutenant. Il partageait leur sort… Bien sûr, c'est notre rôle… Comment vous dire… Landry, justement, était au-delà du rôle. Il vivait ces instants parmi les poilus, comme eux. Avec juste ce petit cran au-dessus qui fait le commandement mais ne doit rien aux galons sur les manches.

Les circonstances de sa mort sont si loin de tout cela… Je sais les troubles dans les rangs. Je n'ignore rien de la révolte contre l'horreur de cette guerre et la condition des soldats. Chez nos alliés britanniques, elle a poussé, dit-on, à des actes extrêmes. Mais il existe entre eux et nous une différence : l'envahisseur est sur notre sol. Le repousser prend un autre sens pour les poilus.

Bien sûr, je connais ces vieux chants de colère où des recrues abattent leurs officiers. Mais ils surgissent des temps où l'on enrôlait de force. Aujourd'hui, notre armée est celle du peuple.

Non, vraiment, la mort de Landry est incompréhensible. J'en viens à douter des conclusions du major.

Soldat Marcadin

Jonas, on a passé le conseil de révision ensemble… On y est partis en chantant, une petite troupe qui défilait par les rues du village. C'était plaisant à voir. Et à vivre plus encore. On avait la poitrine pleine d'un grand vent qui saoule. Et la chanson sur les lèvres « L'air est pur, la route est large, le clairon sonne la charge… », « Vous n'aurez pas l'Alsace et la Lorraine… », toute la gamme ! Le Prusko aux frontières, on allait lui botter le train, le renvoyer nach Berlin ! Avec nos cocardes aux revers, on a pris le pas naturellement. Il était pas réglementaire, mais il marquait la bonne cadence. Celle du cœur, mon capitaine. Celle du cœur.

Jonas, lui, traînait la patte. Pauvre bougre. Il a pas un physique d'athlète, hein ? Vous l'avez vu. Malgré ça, il y allait quand même. On pensait bien qu'il échouerait à la visite, que le premier médecin major venu, même à vue basse, l'enverrait droit à la réforme. Jonas, lui, il avait qu'une envie : entrer dans le moule, être comme tout le monde, quoi. Il avait beau rien dire, on le sentait.

Avec son allure de canard, il traînait. Toujours derrière. Il nous ralentissait. On lui en faisait pas critique. Juste des petites piques, comme on donne aux bêtes pour les faire avancer.

— « Allez devant, les gars, il nous lance, on se retrouvera au front. » Il aurait pas donné sa part de Boche. Un vrai Français !

— On trace la route ! qu'on lui crie. On te prépare les Prussiens, t'auras plus qu'à les déguster.

J'y viens, mon capitaine. Devant le conseil, Jonas aurait pas eu grand mal à jouer le bancal. Y en a qui se sont pas gênés. Un pied plat par-ci, une hernie par-là… Des mauvais patriotes, y en aura toujours. Tenez, celui qui est passé juste avant moi en a tant fait, dans le genre bras cassé, qu'il a décroché le cocotier. Le major l'a expédié dans un bataillon de choc, tellement ça l'avait énervé. Jonas, lui, il a pas moufté. Avec ses épaules rentrées et sa poitrine creuse, on jugeait vite de sa constitution. Pourtant, il n'a rien dit qui puisse lui valoir la réforme. Il aurait eu trop honte, pour sûr. Il essayait de garder la tête droite. Ses efforts pour bomber le torse faisaient peine. On croyait que le pauvre bougre serait jamais conscrit. Heureusement, le major avait du cœur : « Bon pour le service ! »

Jonas en était tout pâle. Ému, je vois pas d'autre mot.

Le soir, à la taverne, chacun a payé son coup. Au tour de Jonas, la nuit était bien avancée. Nous aussi. Jonas, ça lui a donné l'humeur pensive.

— Nom de Dieu, il jurait. Me voilà soldat.

Il en avait la larme à l'œil. Comme à chaque tournée, nous on chantait : « Halte-là, halte-là, halte-là !

C'est à boire qu'il nous faut. » Mais lui, il était trop chaviré pour pousser son refrain.

— Les cons, il a dit à un moment.

— Comment que tu les as roulés dans la farine ! a rigolé Marchand, qu'est mitron.

Jonas l'a regardé sans trouver quoi répondre.

— Dans ta poche, a insisté Marchand. T'as fourré le major dans la poche et il a rien vu venir. Sans te vexer, un autre à ta place aurait été réformé. T'es fortiche.

Jonas nous a regardés, on aurait juré qu'il avait rien bu, puis il a secoué la tête et il a redit :

— Les cons !

On rigolait comme des bossus. Lui ? Il mouftait pas. Sérieux comme un pape.

— Avec toi, on va s'en payer une tranche.

— Une tranche de Boche !

Marchand s'est levé, péniblement à cause du vent qu'il avait dans les voiles. Voilà qu'il grimpe sur une chaise et qu'il entonne :

— C'est ici les portes de France…

On s'est levés, nous aussi. C'est vrai que le vent soufflait. On s'est mis au garde-à-vous et on a repris en chœur :

— … Et vous ne passerez jamais !

Quand on a eu bien chanté, les applaudissements secouaient la taverne comme une tempête. Même le patron voulait y aller de son écot. Tout ça un peu à cause de Jonas, en somme. Pourtant, mon capitaine, vous me croirez pas, il était plus là. On l'a cherché partout. *Pfft !* L'oiseau s'était envolé. C'est Jonas tout craché, ça.

Sergent Rimbert

Quelle histoire. Jonas, on lui aurait donné le bon Dieu sans confession. Son uniforme trop grand, nous en a-t-il assez bassinés ? C'est vrai qu'il était grand. Au point de lui jouer des tours. Ça a failli mal tourner. C'était pendant l'attaque de la grotte au Meunier. Les Boches en avaient fait un fortin d'où ils dominaient la plaine. Le commandant avait décidé d'en finir. Sur le plan militaire, on ne pouvait que lui donner raison. Tant qu'on ne les aurait pas délogés, les Allemands tiendraient le secteur. Au plan humain, en revanche, la casse était assurée. Les hommes croisaient les doigts pour ne pas en être, mais quand le sort choisit…

La compagnie a été désignée. À l'heure dite, on y est allés, à peu près certains de pas en revenir. Pour nous permettre d'avancer, l'artillerie avait déclenché un feu roulant. Quand il a cessé, on était au pied du mur, c'est le cas de le dire. Tout avait été prévu. L'assaut, les gaz… Réglé comme du papier à musique. Il a manqué une seule chose. Une retenue. Celle que l'artillerie a oublié de poser en calculant les tirs. Quand ils ont cessé, la caverne n'était pas entamée et il restait cent mètres à découvert. C'est là que Jonas a trébuché. En tombant, il s'est assommé. Les Boches nous ont arrosés. Ça dégringolait de tous les côtés. Des heures durant. Quand on s'est repliés, il manquait la moitié des hommes. Jonas est rentré en pleine nuit, le front ouvert. Une belle entaille où l'os apparaissait. Ça lui a valu le billard et une semaine d'arrière. Il a pris tout le monde à témoin :

— C'est-y pas malheureux. Depuis le temps que je le dis, fallait que ça arrive. En pleine attaque, cette saleté de pantalon me descend sur les cuisses. Me voilà emberlificoté comme à la course en sac. Ni une ni deux, j'ai valdingué les quatre fers en l'air. Pan ! la margoulette sur ma Rosalie. Encore heureux que mon casque l'a déviée. On me la recopiera. Manquer de laisser sa peau à cause d'un pantalon trop grand.

Bien sûr, Jonas aurait pu jouer du pipeau. Je ne vous fais pas de dessin. Mais ceux qui essaient de se tirer des flûtes ne s'ouvrent pas la tête. Une balle dans la main ou dans la cuisse, c'est plus rapide et moins risqué. Enfin, sur le moment, parce que généralement le coup est éventé. La mutilation volontaire pour fuir le casse-pipe, c'est le conseil direct et l'ombre du poteau. Et puis, Jonas, s'il avait voulu passer à l'as, il pouvait se rendre à l'ennemi. Une fois la compagnie repliée, il n'avait qu'à rejoindre les Boches et se constituer prisonnier. Ils n'auraient pas demandé mieux. Un poilu qui se livre apporte des renseignements dans sa musette. Cuisiné comme il faut, il les mettra sur la table. Idem dans l'autre sens. Les prisonniers boches sont tellement fatigués et si soulagés d'en être sortis qu'ils ne regimbent jamais longtemps avant d'indiquer la bonne position d'une batterie ou celle d'un cantonnement. Oh, leurs soldats sont comme les nôtres, l'idée de donner les copains leur ferait horreur. Mais ce n'est souvent qu'un petit détail qu'on leur demande, et puis un autre. Jamais ça ne paraît tirer à conséquence.

Toujours est-il que si Jonas était passé à l'ennemi, la guerre était finie pour lui. Il est rentré. Et sa blessure n'était pas du chiqué. Pour s'en infliger une pareille, il faudrait avoir l'esprit tordu. Le coup de fusil d'un copain qui vous fait sauter l'index, d'accord. Celui qu'on se tire dans la paume, pareil. Mais s'ouvrir le crâne à la baïonnette, c'est une autre paire de manches. On ne l'a encore jamais vu. Non, vraiment, il faudrait avoir l'esprit tordu.

Villemoye, zone du front, remontée en ligne

La lune ressemble à un dernier lampion. Il en est, comme ça, qui luisent encore après la fête. Le bal est désert. Sur les tables, traînent des bouteilles vides et des verres sales. Les guirlandes ont un coup de travers. Et les lampions sont éteints. Sauf celui-là, qui ne veut pas finir.

Le ciel est noir, la campagne plus sombre qu'un tunnel, et sous la pâle clarté qui les guide, les hommes cheminent en rangs serrés. Silencieux. Le cœur plus lourd que leur barda. Un grand cortège d'ombres marche dans la nuit. Le cliquetis des bidons, les boîtes à gaz, les godillots sur les cailloux, les capotes qui battent les mollets, les toux, les jurons étouffés, les corps heurtés parce que le type, devant, a trébuché ou qu'il s'est assoupi tout debout, vaincu par la fatigue.

Tout à l'heure encore, ils cantonnaient. Les exercices à la noix, les corvées, le repos, l'arrière après le front. Une semaine en enfer, trois au purgatoire puis, de nouveau, la remontée en ligne en guise de ciel. C'est la règle. Le rythme des relèves.

Au cantonnement, ils avaient laissé choir le harnachement et la peur. Ils s'étaient écroulés dans l'empreinte chaude de ceux qui les avaient précédés. Trois semaines. Les granges où l'on pieute, les une-deux, le maniement, les singeries, le courrier aussi, le tabac fumé sans crainte du casse-pipe, et l'éloignement du canon. Six kilomètres, c'est toujours ça de gagné quand il n'allonge pas son tir pour vous cueillir jusqu'ici.

Le paradis du troufion sent les pieds et le ravaudage. Mais quoi, trois semaines… Ils y étaient depuis cinq jours quand l'ordre est tombé : « Rassemblement dans deux heures. On remonte en ligne ! — Capitaine, mon capitaine, c'est pas possible, on en vient. Nous y renvoyer après seulement cinq jours d'arrière… On n'en peut plus, faut qu'on récupère, au moins. Et puis, on nous avait promis des permissions. Elles étaient suspendues, vous savez bien, alors les sucrer une nouvelle fois… On n'est pas rentrés à la maison depuis des mois… Mon capitaine, faut leur dire, là-haut… »

Le capitaine avait écouté. Puis il avait justifié, en père du bataillon. « Les enfants, l'offensive lancée… faire notre devoir… » Et autant de foutaises auxquelles il n'était plus certain de croire.

Le haut commandement s'enferrait. Le général Nivelle, dans son QG de Compiègne, radotait devant ses cartes. Rompre le front à coups de percées, de mouvements fulgurants, des milliers d'hommes en boutoir… On leur avait chanté la guerre courte ; trois ans plus tard, des stratèges à la mords-moi-le-nœud en étaient toujours aux offensives-éclairs.

Le capitaine ronge son frein. Mais la discipline, la force des armées… Scrogneugneu ! Le poilu est râleur, il botte, il mord, mais il marche. Franc du collier. Qu'il dise ce qu'il a à dire, en bon grognard, et qu'il monte au combat. En soldat.

« Dans deux heures. Fusil à la bretelle ! »

Voilà pourquoi, sous la lune pâle comme un lampion qui ne veut pas mourir, un troupeau de fantômes chemine en titubant. C'est la montée au Golgotha, pourquoi m'as-tu abandonné, et tout le tremblement. Les prières qu'on murmure malgré soi, parce qu'elles peuvent pas faire de mal et que, tout de même, on laissera pas le diable graisser nos bottes.

Ça durera pas. Les mauvais jours finiront. Paix entre nous, guerre aux tyrans. Dans « offensive », il y a « offense », elles seront lavées, croix de bois, croix de fer. Alors, en marche. Ils perdent rien pour attendre. D'ici là, nous les biffins, les frères d'armes, les camarades, les pauvres couillons du front, on tiendra les tranchées. Et bientôt, c'est nous qui ferons la paix.

Un nuage a masqué la lune. À présent, c'est une colonne d'aveugles qui avance, une main sur le copain. Lui ou un autre. Sang mêlé avant qu'il coule. Hussard de la République et frère capucin. Ding, deng, dong, sonnez les matines. On va leur percer le flanc. Rantanplan tirelire. Les pensées se perdent dans le grand vide ou les chants de vengeance. C'est nous les canuts, le conscrit du Languedoc et celui de Marsala.

De loin en loin, un serre-file veille au grain. On se perd dans les champs et les chemins. Paumés dans l'obscurité, faut rejoindre. Psst, par ici ! C'est pas l'envie qui manque de fausser compagnie et de rentrer chez soi. Mais on est avec les autres.

— Hé, les copains, attendez-moi.

— Ta gueule, tu vas nous faire repérer.

— Ils sont si près ?

— Bleu-bite, les Boches sont à quatre bornes.

— Alors pourquoi on marche de nuit ?

— En plein jour, la relève ferait pas une lieue avant d'être ratatinée sous les miaulants.

Chuchotis de chats-huants. Et déjà : le boyau, l'entonnoir à grivetons. On l'enquille à la file, vers la ligne.

Deuxième interrogatoire du soldat Jonas par le capitaine Duparc

(notes du caporal Bohman, greffier)

— Repos, Jonas, repos. Asseyez-vous. Comment allez-vous depuis notre entretien ?

— Ça pourrait être pire, mon capitaine.

— Allons, c'est déjà ça.

— Je vais bientôt sortir ?

— Jonas, ne mesurez-vous vraiment pas la gravité des faits dont on vous accuse ?

— Si, bien sûr. Mais puisque c'est pas moi.

— Jonas, je veux bien vous croire, mais vous n'apportez aucun élément qui puisse prouver votre innocence.

— C'est à moi de prouver que je suis innocent ? Je croyais que la justice marchait dans l'autre sens. Qu'elle devait montrer que je suis coupable.

— N'adoptez pas cette attitude. Vos juges éprouveront suffisamment de prévention à votre égard pour vous dispenser de les aider.

— Ils m'ont dans le nez, vous voulez dire ?

— C'est un peu lapidaire, mais proche de leur état d'esprit.

— Je leur ai fait quoi ?

— Bon sang, à eux, rien. Mais tout vous accuse.

— C'est pas moi !

— Le lieutenant Landry a été assassiné d'un coup de baïonnette dans le dos. Vous aviez proféré des menaces contre lui…

— Des menaces ?

— « Attends qu'on soit en ligne… »

— Hein ?

— C'est ce que vous avez déclaré après votre altercation avec le lieutenant.

— Moi ?

— Carton a relaté vos propos…

— Il m'accuse ? Le sale cafard !

— Taisez-vous ! Carton ne vous accuse de rien…

— Vous m'embrouillez avec toutes vos questions… Est-ce que j'ai dit ci, est-ce que j'ai fait ça ?

— Vous ne répondez pas.

— Je sais plus, moi.

— Allons…

— Pourquoi vous demandez à Carton, d'abord ?

— À qui devrais-je demander ?

— Il était pas tout seul, Carton.

— J'interrogerai également Bouvard, il semble qu'il était près de vous à ce moment là.

— Il vous dira. C'est un brave gars, Bouvard, il vous dira.

— Je n'en doute pas.

— … Semba, faut voir Semba, aussi.

— Semba, soit.

— Je me souviens, il y était…

— Vous souvenez-vous également de ce que vous avez fait après la mort du lieutenant ?

— Ce que j'ai fait ? Je savais pas qu'il était mort…

— Après l'assaut, vous disparaissez pendant huit jours, Jonas. Huit jours dans la nature…

— …

— Cherchiez-vous vraiment votre unité ?

— J'aurais fait quoi d'autre ?

— Vous n'avez jamais été tenté de déserter ?

— Déserter ? Moi ? Pas plus que les copains…

— Vous voyez…

— Qu'est-ce que je vois ?

— La désertion vous a traversé l'esprit.

— On le dit quand on en a plein les godasses. Ça s'arrête là…

— Vous dites beaucoup trop de choses. Les juges y verront confirmation de ce qu'ils pensent.

— Sur moi ?

— Vous n'avez pas la réputation d'un soldat exemplaire… Et vos récriminations incessantes à propos de votre uniforme…

— Mon capitaine, il était trop grand. Il me gênait de partout…

— L'uniforme se respecte. Lui donner l'allure d'une guenille est une pratique répandue chez les mauvaises têtes qui veulent le déshonorer.

— Dire que son pantalon est trop grand c'est lui manquer de respect ? À force qu'il me descende sur les jambes, je me cassais la margoulette. À l'exercice, ça faisait marrer les copains…

— L'accusation dira que vous les incitiez à rire aux dépens de l'uniforme.

— Tu parles d'une rigolade !… Excusez, mon capitaine… À force de nager dans mes affûtiaux, il m'est même arrivé de me foutre par terre à l'assaut. Vous trouvez que c'est drôle, avec les Boches en face ?

— Même ça, plaide contre vous.

— Contre moi ?

— Oui, et vous le savez ! Il n'y a pas loin de tomber à faire le mort.

— Faire le mort ? Et quand ça ?

— Votre chute, à la grotte du Meunier. Je résume ce qu'en dira le ministère public. Voyez-vous mieux, à présent, l'état d'esprit de vos juges ?

— On va me condamner parce que je me suis cassé la figure ?

— Jonas, les actes d'indiscipline se multiplient. Les hommes renâclent, on ne compte plus les insubordinations. Et ne parlons pas des mutineries…

— Mon capitaine, je suis pour rien là-dedans. On est fatigués, vous le savez. On nous avait dit qu'avec l'offensive, c'en serait fini en deux jours. Deux jours ! Le général aussi, il s'est trompé… Sur toute la ligne. Y en a eu combien, des morts ? Pourtant, on l'accuse pas, lui !

— Jonas, vous ne savez plus ce que vous dites ! Tenez de tels propos au tribunal et c'est le poteau. Vous en êtes déjà tout près !

— C'est pas moi, mon capitaine ! C'est pas moi ! Comment il faut le crier ? Pourquoi je l'aurais tué, le lieutenant ? Faut me sortir de là, mon capitaine, faut me sortir de là…

— Calmez-vous.

— Je suis innocent !

— Jonas, qu'est-ce qui vous prend ? Lâchez cette chaise !

— Écartez-vous, mon capitaine !

— Jonas, reculez !

— Restez pas dans mon chemin, nom de Dieu !

— Jonas !

— Vous allez me tirer dessus ? À bout portant ? Vous allez tuer un soldat français ? Ça, c'est pas un crime, hein ? Les poilus comptent pas. C'est de la chair à mitraille…

— Vous êtes fou !

— Et vous, vous êtes comme les autres. Une vache qui nous fait avancer le fusil dans les reins. Marche ou crève !

— Jonas, reprenez-vous, la garde va venir.

— La garde ? T'as appelé la garde, mon salaud ?

— Elle n'en a nul besoin, vos hurlements ont dû ameuter jusqu'au GQG.

— Je l'emmerde, le GQG, et les généraux avec. J'ai pas tué !

— Calmez-vous.

— Maman ! J'ai pas tué !

— Jonas, allons…

— Trop de sang ! Trop de sang, mon capitaine.

— Je sais, Jonas.

— Vous savez ?

— Lâchez cette chaise. Jonas, je ferai tout ce qui est possible pour vous sortir de là.

— Vous me croyez, alors ?

— Je suis votre avocat.

— Vous me croyez ?

R. P. Marquand, aumônier

Capitaine, j'ai lu l'interrogatoire de Carton… Pardonnez-moi, mais je ne partage pas votre jugement. Vous auriez tort de minimiser les menaces. Celles qu'on profère en temps ordinaire, sous le coup d'une colère passagère, d'un énervement domestique, sont neuf fois sur dix pareilles aux enfantillages. Dans les cours de récréation, pour une moquerie, une leçon mal soufflée, un porte-plume esquinté, elles promettent pis que pendre. Mais nous ne sommes plus à l'école. La guerre exacerbe les passions. Elle est propice à tout. Les gestes sublimes comme les plus vils. Mon ministère me confère le triste privilège de l'expérience : comparée aux noirceurs de l'âme, la vase des tranchées est une eau claire.

Vous défendez Jonas. C'est tout à votre honneur et à celui de l'armée. Mais il serait dangereux de banaliser des actes de nature à saper l'autorité.

Qu'elles ne soient pas suivies d'effet ne change en rien les menaces proférées contre des supérieurs. Le règlement n'a rien à voir là-dedans, laissons-le aux culottes de peau. Il s'agit de fondations. Celles qui supportent l'édifice militaire n'ont nul besoin d'être minées en ce moment. Nous avons une guerre à gagner. Si elle se prolonge, combien de pauvres bougres engraisseront la terre de France ? Il est trop tard pour faire la fine bouche. Ce que je pense de cet enfer que les beaux parleurs n'ont pas de mots assez ronflants pour encenser n'a aucune importance. Nous n'en sommes plus au débat moral. Les valeurs de notre monde chrétien pourrissent sur les champs de bataille. Pour les empêcher d'être anéanties, nous devons en finir au plus vite.

Non, je vous en prie, épargnez-moi le rappel de la brebis égarée. Les Écritures sont tout de même de mon domaine. Jésus a laissé le troupeau pour ramener un agneau perdu ? Vous n'êtes pas le Christ et Jonas n'a rien d'un mouton. Le troupeau, c'est l'Humain, notre pays s'en éloigne chaque jour sur les chemins de la guerre. Se porter à son secours, c'est cela sauver la brebis. S'il faut s'harnacher pour lui venir en aide, harnachons-nous. Si le fusil doit remplacer le bâton du berger, que la volonté s'accomplisse.

Défendez Jonas tant que vous pourrez, mais n'alimentez pas le mal. Ses armées sont à l'affût. Dans l'ombre des nôtres, elles guettent le moindre faux pas. Ne leur abandonnez rien qui puisse les fortifier.

Qu'il parvienne aux oreilles d'un seul homme de troupe que menacer un officier est péché véniel et la porte s'ouvrira au chaos. La règle militaire n'est pas la Loi. La paix revenue, nous la laisserons avec nos épées pour retourner à celle de Dieu. D'ici là, il nous faut la servir sans faiblir. Elle seule permet d'espérer la fin de la guerre.

Major Campion, médecin-chef

Jonas, un débile ? Un tire-au-cul, oui. Il a tout essayé pour se défiler. S'il n'a pas tenté cent fois de se faire porter pâle, que je mange mon képi. Le pire est qu'il y avait toujours un moment où on se demandait s'il n'était pas vraiment malade. Ce n'était jamais tout noir ou tout blanc. C'est là qu'il était fort. Les grosses ficelles, on les connaît. Alors il faisait dans le fil de soie, en demi-teinte. On dit que les faussaires ont leurs artistes. Des types qui barbouillent une *Joconde* plus vraie que l'authentique. Dans son genre, Jonas en est un. Il vous ferait prendre les vessies pour des lanternes.

Tenez, sa façon de saluer. De la main gauche. Et de présenter les armes à l'envers. Elle lui a valu je ne sais combien de motifs. Croyez-vous que ça y a changé quelque chose ? Il n'était pas plutôt sorti du gnouf que le premier gradé croisé, pan ! La main gauche. Pourquoi pas la crosse en l'air ? Mais voilà, Jonas est gaucher. Un vrai gaucher, dyslexique. De ceux qu'il ne faut pas contrarier à ce qu'en disent les bonnes âmes. Il finissait par convaincre que s'il ne se corrigeait pas, ce n'était nullement par mauvais esprit, mais parce qu'il en était incapable. Et son casque. Ah ! Son casque… Quand on les a enfin touchés, les casques, après s'être fait trouer le crâne à travers nos beaux képis rouges, ils brillaient comme des sous neufs. À plus de trois cents mètres, on ne voyait qu'eux. Superbe. Quand la lumière s'y reflétait, on aurait dit des parures antiques. Jonas n'a jamais voulu comprendre qu'on devait les noircir pour monter en ligne mais les astiquer une fois redescendus à l'arrière.

— Si tu le patines pas, ton pot de fleurs, le premier rayon de soleil posé dessus te transformera en cible. Tu seras repéré d'aussi loin qu'une enseigne.

Ces conseils-là ne tombaient pas dans l'oreille d'un sourd. Dans la tranchée, Jonas enduisait tellement son casque de glaise qu'on le prenait pour une motte de terre. Mais la compagnie relevée, il ne changeait rien. Il se pointait à l'exercice sans un coup de chiffon.

— Jonas, vous croyez que je fais manœuvrer une section de mulots sortis de leur terrier ?

— Jonas, si vous voulez ressembler à une bouse, inutile d'en rajouter une couche. La vôtre suffit.

Qu'est-ce qu'il n'a pas entendu ! Il était devenu l'attraction de service. Les villageois venaient le voir comme au foirail.

Il ne manifestait jamais ouvertement sa mauvaise volonté. Il jouait l'andouille, l'ahuri. Une fois qu'il s'était fait bien aligner, il finissait par nettoyer son casque. Mais trop. On aurait dit qu'il portait un miroir sur la tête. Et naturellement, à ce moment-là, on remontait en ligne.

— Jonas, ton casque…

— Ben quoi, mon casque ?

— Tu penseras à le noircir.

— Merde, alors, je viens de prendre une corvée parce qu'il était sale…

On n'en finissait jamais. Comment il a tenu deux ans là où se sont fait descendre tant de braves gars marchant droit ? C'est simple : en trompant le monde. S'il avait été l'idiot qu'il donnait à voir, il serait mort à la première attaque. Il en est toujours revenu. Ça, il fallait le pousser mais une fois lancé, il ne laissait pas sa part de Boches. Il mettait plus d'ardeur à nettoyer une tranchée que son pot de fleurs. Dans ces moments-là, c'est une question de survie, on joue sa peau à pique ou crève. Une percée révèle son homme. Un lourdaud manquera d'adresse, glissera sur un cadavre, s'accrochera aux barbelés. Un froussard se jettera au sol et finira pulvérisé par l'obus qu'il aura voulu fuir… Je vous parle de ces pauvres gars que la peur anesthésie comme des souris de laboratoire. Il ne s'agit pas de ce que nous avons tous éprouvé au moins une fois, la guerre se charge de nous aguerrir. Les vrais froussards, eux, sont d'une autre constitution. Civils, ils ont peur de leur ombre. Alors, ici… Quand la trouille les prend, elle les cloue sur place. Ils n'avanceront plus, quand bien même vous menaceriez de les abattre. Jonas n'a rien de tel. Sur le champ de bataille, il n'était plus l'ahuri confondant la droite et la gauche. Il s'en est toujours sorti. Et pour s'en sortir il ne s'endormait pas à la tâche…

Vous semblez désarçonné, capitaine. Il vous a joué son numéro, je parie. Le pantalon trop grand, les yeux de veau… Comédie ! Je l'ai vu à l'œuvre. Lorsqu'il s'y mettait, mieux valait ne pas l'avoir comme ennemi.

Zone du front, première ligne

Depuis deux heures, les canons tonnent. Un orage d'acier. L'air en est tout déchiré. C'est du lourd qui passe au-dessus des têtes pour s'écraser en face, vers les Boches. La terre est secouée de tremblements. Il en vient par en dessous, en ondes mauvaises. Des lames de fond parcourant le sol. Ça gonfle, ça gondole, ça craque, la croûte terrestre ondule. Des geysers de cailloux percent comme des bubons. Ils gerbent au ciel et retombent avec un bruit de pluie sèche. Le grand terrassement est à l'œuvre. À l'explosif, les artiflots ! *Dzim-boum !* Envoyez les miaulants, les gros noirs, les fusants. Ça déblaie, ça creuse, ça laboure des champs entiers. Ou ce qu'il en reste. Les sillons sont abreuvés de sang impur à flanquer la courante. La grosse colique pierreuse. Avec l'argile jaune et les mottes bien noires qui vous giclent à la gueule. Sur les casques, la caillasse tambourine. Ça lansquine dru, des silex et des sédiments. Le minéral est chamboulé dans ses profondeurs. Il en est soufflé. Il crache des fossiles et des ossements. C'est la nuit des temps qui tombe.

Dans la tranchée, les hommes attendent. Immobiles, vides, sourds de canonnade. L'heure est à l'artillerie.

Elle pilonne l'ennemi. Elle le cloue sur place. Arrache ses barbelés, trace la voie. Dans quelques secondes, les poilus s'y lanceront. Un instant, encore…

En avant !

Ils sont montés. Dans la fumée, le branle-bas, tympans meurtris, ils cavalent.

Braoum ! La réplique leur arrive en pleine poire. Ça marmite à tout va. Les obus s'entremêlent. Le tien, le mien. Question de hausse et de réglage. Devant, derrière, il s'ouvre des entonnoirs. Des bouches terreuses avalent de l'homme haché menu.

Deuxième vague !

À leur tour, ils se lancent dans la fournaise. Petits soldats de plomb fondu. Derrière, les aboyeurs s'essoufflent à tant cracher d'obus. Trop long ! Trop court ! Un vicelard, fumée Pernod, tombe au petit bonheur. Sur toi, sur moi. Le chambardement tourne au bordel.

La mire, putain, la mire ! Réglez le tir !

Troisième vague !

Ne pense à rien. Grimpe, l'échelle est là. Sors. Avance ! Rosalie montre le chemin. Pense à rien. Les copains tombent. Avance ! Les hurlements, les explosions, le barouf infernal. Le sol qui tremble. Avance ! La mitraille. Des abeilles bourdonnent aux oreilles. Tu approches. Ne pense pas. Trou d'obus. Saute ! Tu es dedans. Ne regarde rien. Un, deux, trois, gicle ! Baisse-toi, tu vas passer. Ça siffle, ça cogne, ça remue, ça pue. Tu passes. Cratère. Saute ! Devant, la tranchée boche. Grenade ! Grenade encore. Vide ta musette. C'est des fleurs de feu jetées aux Pruskos. Le beau bouquet ! La jolie surprise ! La mitraille s'est tue, bec cloué. Le reste de l'assaut enjambe le trou. On voit les biffins par en dessous. Les semelles, leurs mollets et le grimpant sous la capote. Ils poussent des cris d'Indiens. Faut-y qu'ils aient les flubes. Ou la rage. Les deux. Ils font le mélange mauvais qui monte au cerveau. Pas de pitié, pas de quartier, pas de prisonnier !

Les poilus ont bondi dans la tranchée allemande. Tu grimpes à ton tour. Tu es sorti du trou. Un élan, un bond ! On s'étripe. Feu ! Tirez ! Bout portant. Piquez ! Dans le mou ! C'est de l'abdomen, du ventre à choucroute. Tu touilles dedans. Pique encore. Perce. Pas de pitié. Pas de prisonnier. Rosalie fouille du bide. C'est bon, tas de salauds ? Elle est plantée profond. Jusqu'au manche. Le canon, faudra qu'il rentre aussi. Je veux le voir sortir de l'autre côté. Han ! À la broche, mon poulet !

Léontine Bouton, péripatéticienne, 3e BMC

Vous savez, ici, c'est un défilé. Oh, pas comme ceux que vous faites en fanfare, bien sûr. C'est moins glorieux. Les hommes sont pas si bravaches, le caleçon baissé. À croire qu'ils tiennent tout entiers dans leur pantalon. Ils en ont plein les poches, vous comme les autres, je suis sûre. Le porte-monnaie, le mouchoir, la pipe, la chique et le couteau. Le briquet avec son amadou, un crayon, une lettre… La montre, pour celui qui porte pas le gilet… Et le gilet, dans le secteur, c'est pas la tenue idoine. Empêtrés comme ils sont, vos soldats, dans l'attirail qui les harnache pis que des bêtes de trait… Le gilet, c'était bon pour la guerre en gants blancs. À supposer que ceux qui montent en ligne en aient jamais porté… Je dis pas ça pour vous, mon capitaine. Mais dans le secteur, le blanc, on sait plus à quoi ça ressemble. Même celui des infirmières, voilà longtemps qu'il ne l'est plus. C'est plutôt rouge sang, la dominante. Le blanc… y en aurait peut-être besoin sur les drapeaux, vous croyez pas ? Je m'égare… Faut me pardonner. Si je cause, c'est que j'aime la conversation. J'ai pas souvent l'occasion de la faire. Les hommes viennent là pour leur petite affaire, pas pour parler du pays. Ils en auraient peut-être envie mais derrière, ça presse. Faut laisser la place au suivant… C'est comme ça dans vos maisons ? Oh ! Excusez, mon capitaine, c'est parti tout seul si je peux dire. J'ai pas l'habitude de recevoir un officier, c'est une taule, ici. Pour la troupe.

Le soldat Jonas, vous disiez… C'est lui sur la photo ? Attendez que je regarde à la lumière. Le maigrichon, à gauche ? Oui… je m'en souviens. Pourtant rien ressemble plus à un poilu qu'un autre poilu. Mais celui-là avait quelque chose à part. Je saurais pas expliquer. Peut-être son regard. Il le fixait pas. Notez, moi, c'est plutôt leur bazar que je regarde. Faut s'assurer qu'ils l'ont nettoyé avant de lui faire prendre l'air. En temps de paix, déjà… Alors, pensez, après des semaines de rang… Ensuite, pendant qu'ils s'activent, c'est le plafond que je reluque. Je pourrais dire combien il a de taches, de fissures et de mouches qui s'y promènent. Quant à vos gars… Sur le ventre, un soldat en vaut un autre. Vous les reconnaissez, vous, une fois qu'ils sont allongés face contre terre ? Pourquoi voudriez-vous que j'y prête plus attention ? Au moins, de la petite mort qu'ils s'offrent sur mon dos, ils en reviennent. Et puis, le service, ici, c'est du rapide. Consigne, consigne. Faut pas mollir, faut contenter tout un chacun. Première classe, deuxième pompe, caporal. Les blancs, les gris, les noirs, le mode d'emploi change pas. Quoique les noirs, faut connaître. Ils ont des faims parfois pas communes. Somme toute, pour eux, on est comme qui dirait…

exotiques… Mon capitaine, vous goûteriez pas à ma figue exotique ?

… Allez pas vous fâcher… J'ai dit ça parce que vous êtes joli garçon. Et raffiné, on le sent. Vous devez en faire fondre plus d'une.

Pardon… J'y reviens à votre Jonas. Comment vous le décrire… Il était sans couleur. Voilà. Nos poilus, la lassitude finit par les décolorer quand elle devient trop forte. Vous aviez remarqué ça ? Ils ressemblent à des poupées de chiffon passées à la Javel. Votre Jonas était pareil. Décoloré. Avec cette envie qu'ils ont de se vider de tout… On a parfois pas le temps de leur montrer le chemin qu'ils ont rendu les armes. Ils en ressortent encore plus déconfits. Leur rogne, ils l'assouviront sur n'importe quoi. Ou n'importe qui. Encore heureux que ce soit pas sur nous. À la porte, quand ils font la queue, ils fanfaronnent. Leur coup tiré, c'est tout juste si certains se foutraient pas à l'eau. Vous pensez qu'ils sont plus vaillants après ça ? La baïonnette, quand ils en fourragent un Boche, allez savoir si c'est pour sauver la patrie ou pour oublier que la leur a fait flanelle…

Oui, je sais… Jonas. Mais si je vous raconte, c'est que ça a son importance. Son regard, je vous disais tout à l'heure… Eh bien, il était aussi décoloré que le bonhomme. J'en ai vu des types qu'avaient plus rien dans les yeux. Lui, c'était différent. Son regard était pas vide, il était transparent… Passé à la Javel, lui aussi. Il s'agitait entre mes jambes comme un pierrot mécanique et ses yeux ne fixaient rien. Ni le mur, ni l'oreiller, ni mes seins. Ni le miroir, qu'est là pour leur donner un petit supplément de plaisir. Un regard pareil vous fait froid sans qu'on puisse dire pourquoi…

Il a pas duré plus que les autres. Quand il s'est retiré, il avait repris son air de pauvre bougre. J'ai été soulagée de le voir partir. On sait jamais ce qui peut leur passer par la tête, ce qu'ils endurent a de quoi les faire tourner au sur. Dans notre métier, un jour ou l'autre on tombe sur un dingo. Moi ça m'est encore jamais arrivé. Je touche du bois. Dites, mon capitaine, du bois, vous devez en avoir sur vous. Un morceau bien planté d'après ce que je devine. Vous refuseriez tout de même pas de me porter chance ?

Lieutenant Turgot

Sa dernière permission a changé Jonas. Ce n'est ni le premier ni le dernier. Quand ils reviennent, les hommes ne savent plus sur quel pied ils dansent. Le droit garde chaussure de ville quand le gauche porte déjà le godillot. Pendant leur congé, c'était l'inverse. De quoi se sentir tourneboulé. Ils mettent parfois des jours à s'y retrouver. Sans parler de la joie fanée. Qui n'a jamais éprouvé cette tristesse inexplicable des lendemains de Noël ? La fête était réussie. Les yeux des enfants grands comme des lacs. Le mousseux chantait dans les coupes. Et votre femme avait aux joues des couleurs vermeilles. À présent, tandis que vous moulinez le café, elle dort encore, les cheveux défaits sur l'oreiller. Ses beaux bras blancs sur la couette font comme deux pains sortis du four. On a tout pour être heureux. Pourtant la tristesse nous envahit. C'est une mélancolie immense. Les petits bonheurs sont passés. On a mangé les oranges et le sapin finira aux poubelles. Il y a du givre sur les carreaux, le poêle a refroidi… On est une âme en peine. Vous savez ce que je veux dire, n'est-ce pas ? Alors pourquoi chercher midi à quatorze heures ? Qu'est-ce que la guerre pourrait arranger aux hommes qui se déboussolent ? Ce qu'ils ont vu ici, ils n'en parleront jamais parce qu'on n'a pas forgé les mots pour ça. Quant à l'effacer le temps d'une permission, ils verront toujours l'innommable. On n'accroche pas l'horreur au portemanteau comme un paletot. Elle s'incruste dans la peau… Tenez, dans la compagnie, nous avions un tatoué. Je vous parle d'un vrai, bien sûr. Un de ceux qui sont marqués de la tête aux pieds. À ne plus voir un centimètre de chair à découvert. Jusque sur le visage : il s'était dessiné celui d'un squelette. Le noir autour des yeux et à la place du nez. On l'aurait cru sorti d'un caveau. Les hommes venaient le voir comme la lanterne magique des baraques foraines. Pour trois sous, il se découvrait. Contre un quart de vin, il faisait rouler ses muscles. À la lueur du falot s'animaient des navires, des sirènes et des monstres marins. Il avait fait le tour du monde, l'animal. À chaque escale, dans le port le plus perdu, sur les docks les plus lointains, il dénichait le bouclard d'un tatoueur. Quand il regagnait le bord, il portait une image de plus. Il avait fini par ressembler à un patchwork. Vous savez, ces couvertures que cousent les femmes quakers avec des tissus disparates. On peut en voir quelques-unes chez les soldats canadiens. Je vous parle des couvertures, bien sûr. Pas des femmes… Du reste, leurs hommes non plus, vous ne les verriez pas. Les quakers refusent de porter une arme. La loi du Seigneur leur interdit, à ce qu'il paraît. Ils préfèrent la prison.

Mon tatoué avait connu la paille des cachots, lui aussi. Dans les bouges à matelots, quand le rhum fait chercher querelle, gare aux couteaux ! Les culs-de-basse-fosse des cinq continents n'avaient pas de secret pour lui. Quand il revoyait le soleil, il avait de nouveaux tatouages. Ceux-là étaient des plus ordinaires. Du bricolage, dirons-nous. L'aiguille à couture et la bougie fabriquent peu d'œuvres d'art, mais l'encre de Chine fait toujours voyager.

— Toutes les latitudes sont gravées sur ton dos, lui dis-je, un jour où je le voyais maussade. Tu es comme un escargot qui aurait le monde dans sa coquille.

Savez-vous ce qu'il me répond ?

— À quoi ça me sert ? J'aurai beau rouler ma bosse jusqu'au centre de la terre, je serai nulle part chez moi. Regardez ma gueule. J'existe plus.

Dans l'ombre noire, sa bouche dessinait le rictus d'un mourant. Il était effrayant et pitoyable. Chargé d'une peine plus lourde qu'un fourbi. Je cherchais un mot de réconfort, mais déjà il saluait. Sous son masque d'encre, il était l'exacte image des poilus. Des hommes méconnaissables, toutes amarres larguées. Les plus chanceux rentreront. Ils retrouveront les champs, l'usine, le foyer. Pourtant, où qu'ils aillent, ils n'auront plus de chez-eux. Déjà bien beau s'ils savent qui ils sont.

Paris, gare du Nord

Le hall, repeint en bleu horizon, grouille de poilus. Retour du front. Le ticket pour la perme. Trois jours. Une semaine. À la va-comme-je-te-pousse. Les wagons bondés à en gondoler la tôle. Ils sont assis, debout, accroupis, dans les filets à bagages, tassés dans les couloirs et les water-closets. Sur les tampons, même. Suspendus, accrochés, la gueule au vent glacé qui charrie la neige en poudrin et le charbon de la loco. Sans cesse, il en arrive dans la vapeur et les sifflements. Un foutoir de trains se vide de sa cargaison humaine. Ils sautent avant l'arrêt. Ils trébuchent, se ramassent, valdinguent, les quatre fers en l'air. Les autres, la masse, y vont à la fatigue. Hésitants. Perdus. « La vie civile », ils pensent sans s'y retrouver. C'est des calots, des écharpes en laine et des gros pardessus. Des musettes, des sacs et des valoches. Sanglés, bâtés comme des ânes. Les pieds gelés dans les croquenots et autour, entortillés, des fantômes de chaussettes. Un mois sans ôter ses fumantes. Les orteils gelés, les ampoules gonflées de pus, les moches escarres. Des élevages d'asticots, là-dedans, qu'ils rapportent. Et les petites bébêtes qui montent. À se gratter comme les clodos du pont de l'Alma.

Mon beau zouave. Tu viens ? Direction la Chapelle, changer à Barbès. Rue de la Charbonnière, les bouges à quinquets. Trois sous la passe. Monté comme un chameau, mon spahi ! Traîne tes guêtres sur les pavés. Noir et blanc. La neige et ta peau, pas trouée encore, sous la vareuse à frimas. C'est du joli, du défilé à la relâche. Plus martial pour deux ronds. À lécher les vitrines et se sucer la pomme. À bouffer des yeux les toisons et les touffes. C'est nous les Africains qui revenons de loin. Le grand détour par les plaines de la Somme, l'Argonne et ses plateaux. Et la Marne en taxi. T'en as vu du pays, mon caporal.

C'est du biffin en capote qui sourit d'être vivant mais ne remet plus rien. Sa rue, son bistrot, son marchand de tabac : du décor de théâtre. Même le métro aérien suspendu à ses poutrelles d'acier comme un teuf-teuf de môme. Le sien, de môme, dans le petit costume marin, ne le reconnaît pas davantage. « C'est papa, mon chéri. Embrasse papa. » Il rechigne, le bambin, sous les joues pas rasées qui lui griffent la peau. Le grand flandrin lui fout la trouille, c'est le père Fouettard en tenue militaire.

Sur le trottoir, le pioupiou ne sait plus rien. Il tombe de la lune. Pas celle de Méliès, au cinématographe. D'où il débarque, les cratères se creusent au crapouillot, les étoiles filent à l'éclairante et les météores pleuvent en mitraille. Ces nues-là, on rêve d'en tomber. « J'ai la perme, les gars, j'ai la perme. » Et quand il vous arrive, le bon billet, on se retrouve sur le cul. Comme un Cyrano tout blanc de la poussière des astres. À Paris, Paname, on est Martien, Sélénite égaré. Même les plaques ont changé aux stations. Jaurès. En 14, elle s'appelait encore Rue d'Allemagne. Sous le pont, le vendeur de lacets a gagné un pilon au jeu de massacre. Clopinot, clopinant. Loterie, tombola. C'est de la bonne œuvre, du bal de charité. Les hôtels cossus, les salons baldaquins, l'arrière de l'arrière. Les barbiches frisées au fer et des boutonnières à ruban. De l'élégante aussi, en voilette et robe Paquin. On se presse au buffet. La panse pleine qui en redemande. Les petits-fours sont exquis. Et les discours à l'avenant. Ils ont des idées, les civelots, des avis, des opinions. Sur le front, les opérations et le moral des troupes. Les clauses des traités et la diplomatie. Les cabinets, le Palais-Bourbon, la Chambre. Ah, la Chambre !

C'est la 6. N'oublie pas la serviette en montant. Ni le savon pour ton petit oiseau. T'es dans le génie ? On va s'entendre. Si j'astique ta lampe, je peux faire trois vœux ? Tire pas cette binette, mon grivelot, les corps d'armée, je les dorlote. J'ai de la place. Guitoune, on m'appelle, rapport à ça. Et toi c'est comment ?

Gare du Nord, les trains dégueulent du poilu. Mal digéré, mal réveillé, pas dégrossi. Du troufion brut, hébété, fin saoul au canon. Au pain de guerre. Aux nuits blanches, aux jours sans trêve. La gale aux mains, les morpions vachards. Et par tous les pores, l'odeur des morts. Les copains, les poteaux, les aminches. Les frères d'armes enterrés vifs. De l'horreur emmurée dans la caboche comme un rat dans un caveau. Les mots ne sortiront pas. L'enfer tourne en rond. Nuit et jour. Jour et nuit. C'est le cylindre des pianos mécaniques. Les disques en cire du gramophone. Mais le phono des grivetons, ils sont seuls à l'entendre. C'est la gueulante des hommes.

Interrogatoire du lieutenant Turgot par le capitaine Duparc

(notes du caporal Bohman, greffier)

— Vous disiez que Jonas était revenu changé de sa permission, lieutenant. Pourriez-vous préciser en quoi ?

— Je ne saurais le définir, mon capitaine. Je crois que Jonas avait perdu cette sorte d'innocence qu'il avait à son arrivée. Malgré la guerre, il l'avait conservée. Qu'elle le quitte lors d'un retour à la vie civile, c'est ce qui m'a étonné, je pense.

— Vous entendre parler d'innocence…

— Faute d'un autre mot…

— Le major Campion est d'un autre avis. Pour lui, Jonas est un simulateur.

— Il lui faudrait simuler en permanence. Il est difficile de le concevoir.

— Comment son changement s'est-il manifesté ?

— Rien de tangible. Cela a commencé par des agacements quand ses compagnons le moquaient. Ils l'avaient surnommé Paire-de-braies, Tranchecaille…

— Je sais.

— Jusque-là, Jonas n'en avait pas paru affecté. On aurait dit qu'il le prenait comme une marque d'affection. Le surnom donné à un copain. Il m'est arrivé de penser qu'il en était fier. Comme d'une reconnaissance.

— Une reconnaissance ?

— Oui, ses camarades lui accordaient de l'importance.

— Il ne voyait pas qu'ils se moquaient de lui ?

— Si, bien sûr, mais il n'y distinguait nulle malice. Et puis, les plaisanteries dont il était l'objet n'ont jamais versé dans la méchanceté. Ainsi, lors de cette lamentable histoire de pantalon qui l'a opposé au lieutenant Landry, les camarades de Jonas lui ont témoigné leur soutien. Ils le moquaient mais ils n'auraient pas accepté que la limite soit franchie. Face à Landry, ils signifiaient que Jonas était des leurs. Seuls ceux qui appartiennent au groupe peuvent rire d'un de ses membres.

— Après sa permission il a réagi différemment ?

— Il manifestait une irritation inhabituelle. Comment la définir ?… Vous avez déjà senti ces signes indéfinissables qui préfigurent de brusques changements de climat. Ce sont des insectes dont le vol est moins fluide, des oiseaux cessant de chanter, une odeur d'humus par temps sec… Un paysan les décoderait plus aisément que nos services de renseignements un message de l'ennemi, mais dans nos villes c'est à peine si nous les percevons. Et quand cela nous arrive, ils nous laissent tourmentés de ne pas les comprendre. Avec Jonas, c'était cela. Des signes imperceptibles. Aucune rebuffade. À peine des pieds traînés, une humeur sombre, un gromelot… Isolément, ils étaient sans importance. Pourtant, il n'était plus le même. Jusqu'à son regard…

— Son regard ?

— Il avait toujours ces reflets d'eau dormante mais, par instants, c'était celle d'une mare saumâtre où se devine je ne sais quel pourrissement végétal.

— …

— Vous semblez troublé, mon capitaine.

— Vous êtes le second à évoquer son regard.

— Oui ?

— Pardonnez-moi, mais la première à l'avoir fait est une prostituée.

— Jonas les fréquentait ?

— À votre tour de paraître surpris, lieutenant.

— C'est selon. On imagine mal ces balourds en proie au sexe.

— Nos bordels militaires ne trient pas leur clientèle. Le bon de saillie est aussi égalitaire que la ration de tabac. Les brutes y ont droit comme les autres.

— Le mot sied mal à Jonas. Il n'est pas de ces bestiaux jamais sortis de leur vallée. Ni de ceux qui cuvent sous les porches. Gourd, oui. Fruste, je ne crois pas, et brutal, pas davantage.

— Insaisissable, à vous écouter.

— Cela lui irait mieux.

— Mais ça n'est pas plus rassurant.

— Rassurant… j'avais oublié ce mot… Capitaine, connaissez-vous quelque chose qui dit à peu près ceci : « *Lay me low, lay me low. Where no one can see me. Where no one can hurt me.* »

— Qu'est ce que c'est ?

— Une chanson entendue dans une tranchée anglaise. « Enveloppe-moi, couche-moi où personne ne me verra, où personne ne me fera du mal. »

— On dirait une prière.

— Il est loin, n'est-ce pas, le temps des antiennes guerrières. Désormais, même les prières ne rassurent plus. Du moins peuvent-elles encore préparer.

Commandant de Guermantes

Foutre, Duparc, quand vous tenez un os, vous ne le lâchez pas. Vous me rappelez Bayard… Hein ? Je vous parle de mon chien, parbleu ! Une sacrée bête. Bon Dieu, les mâchoires serrées sur sa laisse, on pouvait le faire décoller comme un biplan. Il ne lâchait pas prise. Avec ça, un caractère de cactus. Vous lui ressemblez. Vous avez planté vos crocs dans l'affaire Jonas et vous ne laisserez pas le morceau. Il est réconfortant de voir un officier montrer les dents. Tant de badernes n'ont plus que des dentiers. Savez-vous qu'à la déclaration il a fallu asseoir les plus vieux sur un cheval pour vérifier qu'ils pouvaient se tenir ?

Prenez un verre, mon vieux, pas de cérémonial, je vous prie.

Vous dites ? Le visage de Jonas ? Croyez-vous que je reluque les poilus ? Ai-je l'air d'une gourgandine ?

Versez, Duparc, vous me devez ça ! Et tisonnez le feu. L'hiver n'en finira jamais.

Allons, c'est sérieux votre histoire ? Le visage de Jonas… Bordel foutre, j'aurai tout entendu. Je ne saisis pas tout de votre lubie mais tant pis, vous me plaisez ! Vous êtes comme lui. Trapu, grognard, cabochard. Pardon ?… Hein ? Mais non ! Que vient faire Jonas là-dedans ? Je vous parle de Bayard ! Mon dogue. Tout votre portrait.

Ne prenez pas cet air impatient ! Votre condamné ne s'envolera pas. Comment ? Bien sûr, j'ai dit condamné. Il le sera. Vous en doutez ? Les jeux sont faits. Saigner ses officiers n'est pas de mise chez nous. Laissons ça aux Russes et que le diable les emporte ! Comment les nomme-t-on, déjà ? Bolcheviks, c'est cela, un nom à coucher dehors. Qu'ils y couchent, nom de Dieu, et qu'ils y gèlent. Je me fous de leurs histoires, Raspoutine, Lénine, le général Dourakine…

Ordonnance ! Du bois ! En quelle langue faut-il le demander ? Allez le couper chez les Boches s'il n'y en a plus ailleurs ! Il ne manquait pas d'arbres, ici. Alors quoi ? Volatilisés ? L'artillerie ? Qu'a-t-elle à foutre des arbres, l'artillerie ? Si elle les a abattus, il n'y a qu'à les ramasser !

Bientôt nous ferons tout dans ce merdier. Vous verrez, on finira par nous demander le ramassage des morts. Qu'on fauche les hommes comme les blés n'offusque personne, mais que les cadavres pourrissent effarouchera toujours une belle âme. Comme si les mettre en boîte empêchait Satan de les tirer par les pieds. Croyez-vous qu'il n'aime pas la conserve ?

Bordel de Dieu, ce froid… En pareille saison… Passez-moi cette bouteille. On n'a rien inventé de mieux que le whisky pour se réchauffer. Pas étonnant que les Écossais le boivent le cul à l'air. Savez-vous qu'ils ne portent rien sous leur kilt ? Quels types ! S'ils n'avaient pas leurs damnées cornemuses !

Ah, votre temps est compté… Vous m'en direz tant… Le mien est à disposition. Libre comme l'air. Les grandes vacances, voyez-vous. Trois ans de grandes vacances. Le bon air et les pâtés dans la terre des tranchées. Tout à fait scout ! La camarde en bonne amie. L'avez-vous vue jouer à la marelle, son petit caillou poussé du pied ? Elle passe comme un rêve d'enfant. Une douceur de lait qui vous tient sous la couette. On s'y sent bien. Cela ne dure pas. Le rêve était plus léger qu'un duvet, le voici pesant. C'est un cheval mort, à présent. Une ridelle gonflée que les rats se disputent. À la marelle, la mort s'est arrêtée sur l'enfer.

Bon sang que j'ai froid.

La couverture, là, près du poêle… Donnez-la-moi, Duparc, voulez-vous ? Je crois que je vais claquer des dents. Saleté de fièvre. Bientôt, je ne serai plus très reluisant. Je vais vous prier de me laisser. Voyez, je grelotte déjà. Le commandant de Guermantes a la tremblote, n'est-ce pas tordant ?

Jonas… Son visage ?… Vous n'en démordez pas. Les crocs plantés, hein ? Soit. Allons-y pour le visage. Changeant, lui aussi. Comme les songes d'enfant. Je crois vous l'avoir dit… S'il en a toujours été ainsi ? Je n'en sais rien. Je suis proche des hommes, mais nous ne partageons tout de même pas les feuillées…

Froid… Le jour baisse, n'est-il pas ? Voyez-vous une autre couverture ?

… Vous dites ? Retour d'une permission ? Je ne passe pas le moral en revue. Vous êtes réserviste,

Duparc, vous n'êtes jamais revenu avec le spleen ? Jonas n'était pas franc du collier, ça n'empêche pas le cafard. Pour le reste…

Merde ! J'ai cassé mon verre. Foutue bloblote. Coupé la lèvre, avec ça… Vais m'en foutre partout… Ordonnance…

Le feu s'éteint… Elle va venir, le froid est son royaume… La mort, parbleu ! La mort ! Elle approche. Vous l'entendez ? La vieille putain…

Vous me regardez… La panade, vous y êtes aussi, mon vieux… Jusque-là ! La déconfiture. La capilotade… Une maladie honteuse. Tandis que le moral des armées, lui… un bronze, un soleil… Brillant comme un casque à la parade, n'est-ce pas ? Imbéciles ! Que les embusqués viennent pousser leurs cocoricos ici. Les pattes dans le fumier… Savez-vous ce qu'il y a, là, juste en dessous des nôtres ? Un charnier ! Quand les sapeurs ont creusé la tranchée, ils sont tombés sur des macchabées. Des dizaines. Bien faisandés. Certains remontent encore. Ils ressortent des remblais. Par morceaux… Un jour une main, l'autre un crâne…

Ordonnance !

Duparc, bourrez le feu de papier s'il n'y a plus de bois.

Le moral des armées… Pfft ! Voilà longtemps qu'il est tombé dans la fosse commune… Malgré tout, il faut tenir. Vous savez le plus drôle ? Nous tiendrons… Sinon quoi ? La fin de tout ? Ça ne fait ni une ni deux, il faut gagner la guerre. Après, on fera les comptes… Seulement après… Mais les Jonas n'auront pas conquis le droit de tuer leurs officiers.

Me fous que sa culpabilité ne soit pas établie… Un officier lardé mérite un poteau et un coupable… Vrai ou faux. De quoi étaient coupables ceux qui pourrissent sous nos pieds ?

Vous aime bien, Duparc, mais vous allez finir par m'emmerder avec vos lubies. Rongez votre os tant que vous voulez, mais n'oubliez pas la guerre…

Et ranimez ce feu… Je ne sens plus mes membres.

Ordonnance !

Il est déjà mort, peut-être.

Votre Jonas aussi.

Mort…

Et nous ne valons guère mieux…

Je gèle… Une couverture !

Merde… Claque des dents… Vais me casser les dents.

Où est l'ordonnance ?

Duparc, appelez l'ordonnance… et fichez le camp.

Non, besoin de rien.

S'il vous plaît… fichez le camp !

Soldat Ferchot

Oui, mon capitaine. Moi et Jonas, on s'est rendus ensemble en permission. Sacré pot, c'était les dernières avant qu'elles soient suspendues à cause de l'offensive. Le billet, on n'y croyait plus. Mais un matin :

— Ferchot, Jonas : soixante-douze heures !

Le sergent de semaine l'a répété deux fois avant qu'on comprenne :

— Alors quoi, z'êtes sourdingues ? Les fusants vous ont crevé les tympans ou c'est-y qu'il faut vous le dire en boche ?

Soixante-douze heures… Trop court pour rentrer au pays, mais, dame, on n'allait pas cracher dessus.

— On va visiter Paris, que je dis.

Mon Jonas me regarde comme il aurait regardé un veau à cinq pattes.

— On rentre pas à Courville ?

Autant dire passer la perme dans le train. Il a fini par en convenir mais sa joie était retombée. Tout juste s'il bouclait pas son sac à contrecœur.

— En ce moment, les bêtes sont à l'étable, pour sûr. Je dois manquer au père avec ses rhumatismes.

Ses vaches, elles avaient peut-être servi de corned-beef, mais allez lui dire…

Dans le train, il s'est un peu déridé. Les voyages, c'est toujours instructif. On regardait le paysage, le nom des patelins dans les gares. Et puis, à voir défiler des jachères et des fermes à l'abandon, on en a eu de l'écœurement.

Arrivés à Paris, on n'a pas su où tourner.

C'est qu'il y en a du monde. Ça grouillait de partout. Avec ça, pas un pour faire attention à l'autre. Et vas-y que je te pousse et que je te rentre dedans. On a traîné autour de la gare, histoire de s'accoutumer. On a pris un bock… Une brasserie tout en cuivres et en miroirs. À se refléter dedans, sous la lumière électrique, avec nos figures pas rasées et nos yeux rouges de fatigue, le cafard nous est tombé dessus. La perme prenait un goût de bière éventée. Pas de ça, Lisette, j'ai pensé. On vient pas à Paris pour se morfondre. D'autant qu'on n'avait pas tout à fait le droit d'y être… On n'est pas de là, nous deux. À vous, je peux l'avouer, je m'étais dépatouillé pour dénicher des certificats d'hébergement.

— Allez, on se secoue, j'ai dit.

Sur le boulevard, y a une boutique de déguisements. Des masques, des accoutrements de théâtre, de bal costumé. Jonas s'est planté devant la vitrine. Il avait plus du tout ses yeux vides, on aurait cru ceux d'un môme qui baye devant des jouets. La boutique était un genre de bric-à-brac. Avec des mannequins, des chevaliers en armure, des marquis à perruque. Un diable en collants rouges avec la tête du Kronprinz et un pioupiou de 70 qui protégeait une Alsacienne. Y avait même une mousmé tout en voiles qui appelaient la danse du ventre. Ça m'a fait venir des idées.

— Jonas, ça te dirait pas une gentille moukère bien gironde ? Près des gares, paraît qu'il y a l'embarras du choix.

Il reluquait toujours la vitrine. Je trouvais que des bals costumés, on en avait eu notre compte.

— Notre déguisement à nous, on pourrait le fourguer au garde-mites. Il le mettrait en devanture, son tourlourou sent la naphtaline. On lui échangerait contre des nippes de civelots. Dans sa boutique il a sûrement un pantalon à ta taille…

J'ai cru qu'il allait pousser la porte pour vérifier. Véridique !

Après ? On est entre hommes, mon capitaine. Vous me comprendrez si je vous dis qu'on a trouvé l'âme sœur. On n'a pas eu à chercher loin. Le passage du Désir porte bien son nom. Le quartier est à l'avenant. Rue du Paradis, rue des Petits-Hôtels… Notez qu'il y a celle de la Fidélité… Je sais pas si c'est la plus fréquentée. C'est là que je l'ai perdu, Jonas. On s'était donné rendez-vous dans une buvette, Au Bon Coin, une fois notre affaire faite. Je l'ai attendu plus d'une heure. Mon cochon, je pensais, tu caches bien ton jeu. Je rêvassais en tirant sur ma bouffarde. Avec la chaleur du poêle, j'ai fini par m'endormir. Quand je me suis réveillé, la pendule marquait quatre heures.

— Mon copain est passé ? j'ai demandé à la bistrote.

Elle avait vu personne. Dehors, la neige s'était mise à tomber. J'ai ouvert mon oignon, au cas où l'horloge battrait la breloque. J'ai commandé un café cloche, puis un second. Jonas est jamais venu.

Le surlendemain, je l'ai retrouvé près de la gare. Paraît qu'il m'avait attendu au Bon Accueil. J'ai rigolé, mais ça m'avait un peu gâché la perme. À deux, on s'amuse mieux. Il nous restait deux heures à tirer avant le train.

— Tu vas me raconter ça, j'y dis.

Et je l'entraîne à la brasserie. Jonas avait pas l'air partant. Le cul sur la banquette, il regardait son bock. Il m'a rappelé le Jules, un commis qui s'est foutu à la baille après qu'une fille l'avait laissé choir. Avant de sauter, il avait eu des yeux pareils. Sans rien dedans. Il avait regardé le Pétochin, du haut du pont, et *plouf !* il avait enjambé la balustrade. Moi, je sais pas nager. Le temps que je cavale sur la berge, le courant l'avait emporté comme une branche morte. On l'a repêché deux kilomètres en aval. Il avait déjà commencé à changer de couleur. Mais c'est peut-être des idées… La vie s'efface pas aussi vite, même dans l'eau… Quand on l'a remonté, devant son regard qu'était celui des morts, j'ai réalisé. Ce regard-là, il l'avait eu avant de plonger. Peut-être qu'en dedans, il était déjà plus vivant.

Alors, dans la brasserie, forcément, Jonas, il m'a foutu la trouille. Puis j'ai pensé que la fatigue brouillait ma jugeote. Jonas a remué la tête. Dans les miroirs qui se renvoyaient son image, ça a fait comme un mouvement de foule. À lui tout seul, Jonas, on aurait dit un régiment.

— T'en feras jamais d'autres, je lui ai dit. Un jour tu te tromperas de boyau et tu te retrouveras dans celui des Boches.

Il m'a répondu :

— Ils ne doivent pas être pires que les nôtres.

Ça a défrisé le gros type à chapeau qui sirotait une verte à la table voisine. Il avait plié son journal pour nous reluquer comme on reluque des voisins qui vous font honte.

— Vous pourriez au moins rectifier votre tenue, il a lâché tout à trac.

Ça nous a soufflés. On a regardé autour, histoire de vérifier que c'est à nous qu'il causait. Dans les miroirs, on a fait une guirlande, Jonas et moi. On ressemblait à ces bonshommes de papier qu'on découpe dans une feuille de cahier, à l'école. On en déplie un et *hop !* les autres suivent, attachés, à l'identique.

— Vous pensez faire honneur à votre uniforme ? a grogné le type.

— Tu veux qu'on s'occupe du tien ? a répliqué Jonas.

L'autre en était baba. Moi aussi. J'avais jamais vu Jonas comme ça. On aurait cru qu'une guêpe l'avait piqué. Il s'est levé, et avec lui tous les autres Jonas des miroirs. Le gros type regrettait de l'avoir ouvert, on le sentait. Il a repris son journal, comme un qui retourne aux choses sérieuses après avoir donné une leçon.

La Victoire, il s'appelait, son canard. Jonas, ça l'a foutu en rogne de plus belle.

— C'est-y là-dedans que tu le vois, l'uniforme ?

L'autre ne moufte plus. Le voilà qui jette des coups d'œil inquiets tout autour. On n'aurait pas su dire ce qui lui faisait le plus peur. Jonas ou l'idée de perdre la face dans un endroit où il avait ses habitudes. Et sa réputation.

Mon Jonas, hors de ses gonds, il insiste :

— Tu l'approches pas de trop près, toi, l'uniforme, hein ?

Je le tire par la manche. J'avais pas envie de retrouver le régiment avec un motif au cul.

— Laisse, que j'y fais, laisse.

— Embusqué ! il lance au type qui maintenant ne sait plus où se mettre.

Avec nos tronches, on ne devait pas inspirer la confiance. Paraît qu'on ramasse parfois des déserteurs près des gares. C'est bien pour ça que les mouchards y traînent. Allez savoir s'il y en avait pas dans la brasserie. Les murs ont des oreilles, pas vrai ? Et elles sont pas toujours boches.

Jonas a fini par m'écouter. On a regagné le train. Jonas disait plus rien. Il a piqué du nez quasiment tout du long.

Zone du front, no man's land

Il a de la terre dans la bouche. Une motte noire, âcre, pierreuse.

— Si j'avale, je suis foutu.

Asphyxié. Noyé. Une noyade sans eau. C'est trop farce.

— Si je panique, ça va descendre dans mes poumons. Je vais crever, étouffé. Enterré de l'intérieur… Cracher…

C'est difficile de cracher. Il faudrait bouger !

Au-dessus, ils ont remis ça. Le ciel se déchire. Les nuages crèvent comme des zeppelins. *Braoum !* Il pleut du caillou et des débris de tout. Des poteaux arrachés, du fil de fer, des morceaux de cheval et des entrailles humaines. Des copains en tronçons qui retombent de là-haut…

— Peut-être qu'on veut pas de nous au paradis…

La terre… Il a de la terre plein la bouche.

— Je peux pas cracher.

C'est comme une bouillie en dedans…

— La nuit est tombée ? Ohé, les camarades ! Où vous êtes ? Où vous êtes, les gars ?

Ça tape à ses oreilles. *Bong ! Bong !* C'est le glas des morts. Ils rampent sous la terre.

— Écoutez ! Ils vont nous sortir par le cul. Ohé, les copains ! Me laissez pas…

La nuit a la profondeur d'un gouffre. Pas une étoile au ciel, pas un rayon de lune. Une noirceur d'encre. Il écarquille les yeux. Rien. Les ténèbres. Elles sont si épaisses… Il a connu ces nuits d'ébène qui jettent leur voile sur le monde. Jamais elles ne parviennent à le recouvrir. Il est toujours une forme, une silhouette, un relief. Une ombre qui se détache des ombres. Le noir absolu est au-delà de la raison.

— J'ai mal aux dents… Maman… j'ai mal. Me faudrait de la racine de guimauve.

Dors, mon p'tiot Quinquin, si tu n'dors pas chqu'à d'main, j'aurai du chagrin.

La guimauve, il s'en souvient, c'était chez l'apothicaire. Dans des bocaux de porcelaine. À présent, elle sort de partout. Il entend crever le sol. Des racines de doigts poussent vers le ciel. La terre est à l'envers. Le grand chamboule-tout. Deux sous les trois balles dans la tête à Bismarck. Visez bien. Dans la bouche, c'est gagné. Trois balles pour le militaire.

Dans la bouche.

Il est tombé par terre, c'est la faute au Kaiser. Du sang sur son couteau, c'est la faute à Otto.

Du sang. Il en a tant coulé.

— C'est moi ? Vraiment moi ?

Un cauchemar lui remonte en bouffées de fièvre.

— La mort ressemble à ça, il pense.

Bien sûr, la camarde ! Elle l'attend. Salope ! Sale

putain ! Décharnée, sa tignasse en crin, sa peau flétrie… Crever sa peau. Larder sa couenne.

— Tu voulais m'avoir, hein, vieille goule ?

Il a mal. Le champ d'honneur, quand on y tombe, c'est vilain. Au bal des bousillés, on valse macabre. Des petits pantins cassés, des polichinelles cocasses.

— Un turlututu pour jouer l'air du chapeau pointu.

Chapeau pointu et casque à pointe. La farandole des mortibus.

— J'ai mal aux dents. C'est dans ma bouche. La terre et les cailloux. Des gamelles, des bidons, des gamelles, des gamelles et des bidons. C'est les cailloux qui m'ont cassé les dents. Et la terre. Ôtez la terre. À moi, les gars ! Les copains !

Du sol labouré montent des pleurs, des appels et des sanglots. C'est le concert des moribonds. La fanfare désaccordée. Le requiem des qui veulent pas clamser. Avec les reprises en chœur et les râles en canon.

— À moi ! Les copains !

Elle est bath, la musique militaire.

Caporal Lucas

Voilà, on y est, mon capitaine. Elle est pas belle, la cabane bambou ? Le cabaret de la Belle Femme, elle s'appelle. Des comme ça, on n'en voit pas tous les jours. C'est du spécial troufion. Architecture militaire. Trois murs, pas de toit mais attention, poutres apparentes. Si elles pendaient pas de partout, ça vous aurait un petit cachet picard. Manque que la fermière. Blonde, tout en chair, en jupes et en jupons. Avec ses joues rondes de santé et ses jolis pieds en sabots. Mais plus sûrement, la belle femme, ici, portait caraco. Un décolleté avenant sur le peu qu'il cache. Et quand je dis le peu ! Poudrée, pomponnée, avec ces crèmes et ces couleurs qu'elles se tartinent sur la figure pour lui donner l'air d'une confiserie. Je l'entends d'ici pousser la romance. Regardez-la, avec ses moues, ses mines et ses clins d'œil. *Pin-up*, disent les Angliches. Tout ce qu'il y a de *pin-up* dans son numéro de tutu. Plumes et mousseline. À ses pieds, l'orchestre joue avec elle comme à une fête galante. Imaginez, c'est le deuxième tableau. Une revue music-hall à saynètes exotiques. Elle roule des quinquets chavirés au-dessus de son éventail japonais. Madame Butterfly en kimono fendu. Avec elle, la mer est pas près d'être calmée. Y a du roulis, du tangage, du coup de tabac sur le mât d'artimon. Accroche-toi matelot. Faut montrer que les nœuds marins sont durs à la manœuvre.

La belle femme… Ses voiles, elle les a mis depuis longtemps. Trop de prétendants, voyez-vous. Français, Allemands, Français encore. On se l'est arrachée. Elle y a laissé ses plumes. On a jamais su pourquoi ce foutu cabaret portait ce nom-là. Ni pourquoi l'état-major en avait fait un point stratégique.

Stratégique, une baraque en ruine. On se demande comment elle tient debout.

Jonas en était quand on l'a occupée. Bohman a pensé que ça pouvait vous intéresser. Vous pouviez pas avoir meilleur greffier.

Ah ? Vous savez pas ? C'est encore plus chouette, alors. Bohman, avant d'être rappelé, il était enquêteur. Chez Dalor. Dalor, les détectives privés des Grands Boulevards. La réclame sur les murs. Je vois que vous situez. Bohman et moi, on se connaissait d'avant. C'est lui qui m'a dit : « Parles-en au capitaine, faut rien négliger. » Alors, je vous en parle.

La Belle Femme. Le lieutenant avait pas plutôt désigné l'endroit qu'on comptait plus les volontaires pour y monter la garde. Un cabaret. Ça faisait rêver. Y avait même un artiste dans le lot. Lécavelé, vous connaissez ? Paraît qu'il écrit dans les journaux, il se fait appeler Dorgelès. Bref. Les anciens qu'on avait relevés s'étaient bien gardés de nous rencarder avant de retourner à l'arrière. On fait ce genre de plaisanterie. Les occasions de rigoler sont pas légion. Toujours est-il que l'objectif atteint, on a compris. C'est coquet, pas vrai ? Faut de la fantaisie pour imaginer un cabaret sous cet amas de décombres. Même Dorgelès avait du mal. Pourtant, il est pas feignant sur les chimères. Pour qu'il soit en panne, il en faut. Mais voilà, on était comme des mômes qui pigent l'arnaque du Père Noël. Avec ça, le vent qui sifflait entre les pierres et les corbeaux qui se foutaient de nous… Tout pour vous flanquer le bourdon. Je serais pas surpris que vous l'ayez, mon capitaine. Vous regardez les tuyaux ? Probable qu'il y avait un limonaire à la Belle Femme. Moi, je le vois adossé au pan de mur, là. Il jouait des gentils petits airs à danser. Des chansons à reprendre, aussi, en trinquant avec son voisin. Celui-là, on le connaît ni d'Ève ni d'Adam. Mais l'espace d'un refrain, deux copains d'école seraient pas plus proches. On a fait la communale sur les mêmes bancs et servi la messe au même autel. Les petits coups de blanc sirotés au calice, on s'en souvient comme d'hier. C'est que du flan, mais, bon sang, il tient chaud au cœur. Alors, à la voir rendue comme ça, la Belle Femme, on se dit que le passé est bien mort. Et la vie avec lui, et tout ce qui la faisait.

On y pensait tous, ce soir-là, sans rien dire. À quoi ça servirait ? On s'est rencognés contre les pierres pour se caler du froid. Comme si ça y faisait quoi que ce soit. On était là, à se cailler sous le vent qui hurlait au loup. Pas question de feu, bien sûr. Les Boches avaient beau être à distance, on n'allait pas offrir des cibles à leurs tireurs d'élite. On a pris nos tours de garde. Me demandez pas ce qu'on gardait.

Les ruines ou la terre retournée par les obus… Vers les minuit le vent s'est mis à jouer dans les tuyaux d'orgue. Une plainte à vous donner la chair de poule. Plus lugubre, on trouverait pas. Et triste comme un adieu. J'étais de quart, à grelotter dans ma capote, quand Jonas s'est mis à délirer.

— Tout du sang, il a crié. Tout du sang partout ! La belle femme pisse son sang, mon lieutenant.

Avec ça, la terreur dans sa voix qui semblait venir d'outre-tombe… Dans la nuit qu'était plus noire qu'un jus de chique, les cheveux s'en dressaient sur le crâne. En trois secondes la patrouille était debout, lebels armés.

— Où qu'ils sont ?

— Les Boches ! Les Boches !

— En position !

Les Boches, on a dû les réveiller en sursaut. Depuis plusieurs jours que le coin était tranquille, ils s'étaient habitués au calme. Mais Jonas beuglait tellement qu'ils ont cru à une attaque, tout comme nous. On a vu fuser une éclairante et les flammes des mitrailleuses ont incendié la nuit. La belle femme, on nous la recopiera.

— Hé, l'artiste, j'espère que t'as pris des notes, j'ai dit à Dorgelès quand ça s'est calmé.

Les Boches ont tiré une dernière fusée, comme un pétard mouillé après un feu d'artifice. C'est là que je les ai vus. Carton fixait Jonas comme un curé regarderait un diable surgi de son bénitier. Au milieu de l'escarmouche, ils formaient un drôle de tableau. Si étrange qu'il m'est resté. Je saurais pas vous dire pourquoi…

… Mon capitaine, Jonas aurait jamais fait un truc pareil, vous savez… C'est pas une flèche, mais en trois ans il a jamais donné sa part de riflette. Trois ans… Il est tombé plus de copains qu'il reste d'anciens pour le raconter. Je sais pas ce qu'on vous bonnira sur Jonas. Il a les nerfs ébranlés, mais ça en fait pas un assassin. Après la patrouille, je l'ai conduit à la visite. Le major a rien voulu savoir. Alors faut leur dire, au conseil, Jonas a les nerfs ébranlés parce qu'il a vu trop de sang. Ça coule jusque dans son sommeil. Le rouge, il en a eu plus que son content. J'ai connu un gars comme lui. Il travaillait à la Villette. À voir toutes ces carcasses aux écorchoirs, il en avait pris une vraie nausée. À se vider tous les soirs, et tous les matins à l'idée d'y retourner. Sur la fin, il se serait collé lui-même un coup de merlin plutôt que de saigner quoi que ce soit.

Pourquoi je vous raconte tout ça ?

J'en sais trop rien. Parce que Tranchecaille aurait jamais dû se retrouver là-dedans. Parce que le lieutenant était un brave gosse. Parce qu'un type comme lui buté par un Jonas signifierait que le monde a plus de sens. Peut-être que je me raccroche à l'idée que c'est pas le cas.

Je crois qu'elle va pas vous servir à grand-chose, mon histoire. Je l'ai mal racontée. La belle femme, Jonas et ses cauchemars, je sais pas moi-même ce que j'ai voulu dire. Ni à quoi ça rime. Non, vraiment, j'arrive pas à savoir pourquoi j'ai voulu vous conter ça. Je vous ai fait perdre votre temps… Je m'en excuse.

Le pire, c'est qu'un autre truc ne me sort pas de la tête.

Vous savez quoi, mon capitaine ? Mon copain des abattoirs. Le coup de merlin, il se l'est donné.

Chère Louise,

Depuis ma dernière lettre, me voici instruit d'un curieux corps de métier. J'ai pour greffier un détective. Ou tout comme. Enquêteur, a-t-il précisé quand je l'ai questionné. Le bougre n'est pas sans éveiller la sympathie. Jusqu'ici, je n'en éprouvais guère pour ces fouille-poubelles que j'imaginais, bien loin du Sherlock Holmes de Conan Doyle, collés au trou de serrure des chambres à coucher. La guerre nous apprend à ne pas juger les hommes sur leur condition. Ni, du reste, sur quoi que ce soit de leur vie d'avant.

Quand bien même, Bohman s'emploie à redorer le blason de sa corporation. L'entendre vous amuserait. Le drôle est pittoresque et ne manque ni de jugement ni de qualités. J'aurais eu à deviner, je l'aurais dit clerc de notaire ou commis d'assurance. Son physique a la rondeur du sédentaire et les façons qu'il affecte renforcent l'impression.

Il remplit sa charge avec le sérieux qu'il se doit. Eu égard à ce que je sais de son état, je perçois mieux les signes qu'il n'a cessé de me lancer. Il ronge son frein d'être astreint au rôle du greffier quand il voudrait instruire l'affaire Jonas et y exercer ses talents. Il ne néglige aucun détail. C'est un bon point. C'est aussi, a-t-il tenu à m'expliquer, ce qui fait du détective l'égal du bon policier. Il m'a suggéré d'entendre un de ses anciens camarades, aujourd'hui caporal. Lucas est un homme déroutant qui semble percevoir des réalités invisibles au commun des mortels. Ce qu'il m'a narré d'une nuit de garde dans les décombres d'un « cabaret » pourrait relever du songe. Ou d'un de ces feuilletons dans lesquels le rêve tisse sa toile de mystère. J'ai cru que la présence dans sa compagnie d'un journaliste aspirant à devenir écrivain avait influencé une nature romanesque. Mais on devine, chez le caporal Lucas, un réel tourment.

S'attacher aux cauchemars d'hommes recrus de fatigue, comme une bohémienne lit dans les cartes. Voilà où nous en sommes après trois ans d'une guerre qui devait durer trois semaines. Mais je vous effraie avec une mélancolie que je m'étais promis de ne plus exposer. N'allez pas en conclure que notre vie, ici, n'est qu'instants douloureux. Elle recèle, jusque dans sa dureté, des moments de gaieté. C'est pour vous faire partager l'un d'eux que je voulais vous entretenir de Bohman. Mon « privé ». Si j'ai dévié, la faute en incombe au poids de ma charge. Défendre Jonas. Tenu au secret de l'instruction, je ne peux m'ouvrir des interrogations qui m'agitent. Vous y auriez répondu avec ce doux jugement qui est vôtre. Hélas, la loi ne le permet pas. Aussi, j'ai cherché un dérivatif en tentant de nous distraire à travers mon greffier-détective. Lorsque j'aurai refermé le dossier Jonas, j'espère avoir appris de lui quelques anecdotes relatives à ses enquêtes. Je ne manquerai pas de vous les raconter. Je compte sur votre délicieuse fantaisie pour les embellir, les faire rebondir. Nous construirons ainsi, au fil de nos lettres, notre petit roman-feuilleton. Comme ceux que nous lisions jadis à haute voix. L'espace d'un instant, j'aurai l'illusion d'être près de vous.

Interrogatoire du soldat Bouvard par le capitaine Duparc

(notes du caporal Bohman, greffier)

— Repos, Bouvard. Asseyez-vous.

— Merci, mon capitaine.

— Le front ?

— On le tient, mon capitaine, on le tient.

— Vous étiez de l'assaut sur le plateau, m'a-t-on dit.

— Oui, mon capitaine.

— Difficile…

— Oui, mon capitaine.

— Vous savez pourquoi vous êtes là ?

— À cause de Jonas…

— Vous avez assisté à l'altercation qui l'a opposé au lieutenant Landry.

— Oui, mon capitaine.

— Dans quel état d'esprit se trouvait Jonas à son issue ?

— Je dirais qu'il était émotionné.

— Pouvez-vous préciser ?

— Il accusait le coup. Il était blanc, les traits creusés, ça m'a frappé.

— Pour quelle raison ?

— Il aurait dû être soulagé de s'en tirer à bon

compte. Les copains l'avaient soutenu, le lieutenant avait pas donné suite… Ça s'était arrangé, quoi.

— Jonas en avait conscience ?

— Évidemment, mais il peinait à redescendre.

— Est-il resté longtemps dans cet état ?

— Je pourrais pas vous dire. Il était à cran.

— L'avez-vous entendu proférer des menaces à l'encontre du lieutenant Landry ?

— Des menaces…

— Des propos signifiant, à ce moment-là au moins, que Jonas ne tenait pas l'affaire pour close, qu'il en voulait au lieutenant, qu'il pourrait exercer une vengeance.

— Je vois pas.

— Réfléchissez…

— Il a peut-être dit un truc du genre qu'on lâche sous le coup de l'émotion. Ça arrive tous les jours. La bouche, c'est comme une soupape, faut l'ouvrir de temps en temps. Après, on se sent mieux et on repart pour un tour.

— Ce « truc », vous en souvenez-vous ?

— Ça devait pas être bien terrible. Dans ces cas-là, on n'est jamais original : « tu perds rien pour attendre, gare à ta gueule, gaffe à ton cul… ». Faites excuse, mon capitaine. C'est des mots en l'air. On en lâche tous des pareils. Ça empêche pas, le lendemain, de monter au rifle sans mollir.

— La différence, Bouvard, c'est que le lieutenant Landry est mort assassiné. Alors, faites appel à votre mémoire. Avez-vous, oui ou non, entendu Jonas prononcer ce que vous appelez « des mots en l'air » ? Quant à leur importance, laissez-moi en juger.

— Mon capitaine, je crois que si vous me le demandez, c'est que vous avez votre idée…

— Quand bien même ?

— Une phrase, ça part aussi vite qu'un coup de flingot. Après, on lui fait dire ce qu'on veut.

— Bouvard, d'autres vous poseront la même question. Mais en ce qui me concerne, je suis le défenseur de Jonas. Me taire la vérité n'est pas le meilleur service que vous pouvez lui rendre…

— …

— Maintenant, si Jonas n'a rien dit…

— Je crois que c'était : « attends qu'on soit en ligne ».

Colonel de Guiches

Repos, Duparc, repos. Dites-moi plutôt, vous défendez vraiment Jonas ?

Foutre, je vous souhaite du plaisir. Ce n'est pas votre première mission périlleuse, mais, celle-là, je puis vous annoncer qu'elle est perdue d'avance. Enfin, je suppose que la pire des crapules mérite une défense. Néanmoins, ne gaspillez pas trop de temps avec ça. L'armée a besoin de vous pour des actions plus utiles.

Oui, j'ai dit crapule. J'ai tenu à vous voir à ce propos. Vous avez lu le dossier du zigoto. Parlant, non ? Zigouiller les officiers est sa marotte. Cette fois, il a réussi son coup. À sa première tentative, j'ai eu de la chance. Dire qu'on l'a mise sur le compte d'une maladresse… Elle m'est passée à deux doigts de la terrine, sa maladresse. Aucune balle boche ne m'avait frôlé d'aussi près. Ah, çà ! En mort pour la France, j'aurais valu dix. Colonel de Guiches abattu par une sentinelle de son régiment. Belle citation à titre posthume. À encadrer sous verre. Le salopard… il a roulé le conseil dans la farine. Il les a tous persuadés qu'il ne m'avait pas reconnu. Vraiment ! « C'était la nuit, les phares

’ont aveuglé. J’ai vu l’auto foncer vers moi. Le mot de passe, que j’ai crié ! Le mot de passe ! »

Je l’entends encore. Ah ! Le gredin ! Je t’en foutrais du mot de passe. Douze ! En salve. Et pour faire bonne mesure, un de plus, en coup de grâce.

C’était dans la forêt de Villers, nous venions d’inspecter les troisièmes lignes et retournions au PC. Dufieux conduisait, lui non plus n’est pas près d’oublier. On ne se fait pas allumer par un des siens tous les jours. Il faisait un temps de chien, la flotte sur le pare-brise et ces saletés d’essuie-glaces qu’il faut manœuvrer… On n’y voyait goutte. Jonas, lui, avait eu tout le temps de nous repérer. Il a dû nous aligner de loin. Me fera pas croire qu’il a attendu de faire la sommation pour nous ajuster.

« Les phares m’ont aveuglé », tu parles ! Encore jamais vu un aveugle manquer le mille d’aussi peu. De la voiture, il était impossible de distinguer son fanal. Là où il l’avait planqué, on ne risquait pas. Le mot de passe ! Foutaise ! Avec le déluge qui tombait, personne ne pouvait entendre une sentinelle réclamer le mot de passe. Dufieux croyait le barrage plus loin, je lui donne raison. Il aurait dû se trouver à la Croix du Chasseur. Pas là où Jonas nous guettait. Parce qu’il nous guettait. Si, si ! Au conseil, il nous a beurré les lunettes, mais à présent, le beurre a fondu. Je m’en rends compte, il avait tout prévu.

Bon sang, cette nuit-là, j’ai eu la baraka !

La balle de ce salaud a fracassé le pare-brise. On a cru à une branche, l’orage avait couvert la détonation. Le tacot a zigzagué dans les flaques comme dans un film de Max Linder. Mais on n’avait pas envie de rigoler. Dans la lueur des phares, j'ai vu les arbres se découper. « Le chêne est pour nous », je me suis dit. Notez qu'un châtaignier aurait tout aussi bien fait l'affaire. Mais je me souviens d'avoir pensé aux glands. « Comme un gland », vous voyez le topo ? « Je vais finir comme un gland ! » Dufieux a redressé in extremis et on a fini une roue dans le fossé. Quand on est sortis, Jonas nous remettait en joue.

— Garde à vous ! j'ai crié.

Il n'a pas pu faire autrement que baisser son arme.

— Mon colonel… Vous avez pas donné le mot de passe…

C'est tout ce que cet assassin a trouvé à dire. Quand on a redressé la voiture, j'ai vu la balle, fichée dans la banquette arrière, à quelques centimètres de ma place.

L'ostrogoth a si bien joué l'idiot que le conseil a écrasé l'affaire. Un accident ! Moi-même, j'avais fini par gober la fable. Bien sûr, on ne pouvait pas en rester là. Pour le casse-pipe, les Boches suffisent. Pas besoin de compter avec les nôtres ! Jonas risquait le poteau, il s'en est tiré avec un abonnement pour les premières lignes. Probable que cela lui aura donné prétexte à ruminer. Ce pauvre Landry en a fait les frais.

Cette fois, Jonas pourra jouer tous les airs de son répertoire — et il en a ! —, il n'y coupera pas. Le bénéfice du doute à répétition ? Macache ! Jonas ne descendra pas deux fois du tourniquet.

Troisième interrogatoire du soldat Jonas par le capitaine Duparc

(notes du caporal Bohman, greffier)

— Jonas, Bouvard confirme le témoignage de Carton.

— Quoi ?

— La menace que vous niez avoir proférée, il la rapporte. Mot pour mot.

— Mais pourquoi ils font ça ?

— Peut-être tout simplement parce qu'ils vous ont entendu.

— Mais non, ils ont pas pu…

— Et pourquoi ?

— Parce que j'ai pas dit ça.

— Pensez-vous qu'ils mentent ?

— Oui.

— Sciemment ?

— Dame, si c'est mot pour mot et que ces mots-là sont pas les miens…

— Pourquoi agiraient-ils ainsi ?

— J'en sais rien, mon capitaine.

— Jonas, la phrase qu'ils vous prêtent pèsera lourd devant le conseil de guerre. Elle ne nous laisse que deux possibilités. Nier que vous l'ayez prononcée…

— Pour sûr !

— Cela revient à accuser vos compagnons de mensonge. Il nous appartiendra de le prouver ou du moins de fournir une explication plausible à leur attitude.

— …

— Pensez-vous que nous puissions y parvenir ?

— Vous avez parlé de deux possibilités…

— Les propos qu'on vous attribue méritent une sanction exemplaire. Mais ils ne suffisent pas à vous rendre coupable d'un assassinat.

— Vous me croyez, alors…

— Notre seule piste, faute de pouvoir réfuter les témoignages de Carton et Bouvard, est de ramener vos menaces à leur juste proportion. L'expression d'une émotion violente qui vous aurait fait perdre le sens de vos paroles.

— Faudra que je fasse comme si je les avais dites ?

— Nous les replacerons dans leur contexte. Un épuisement causé par la dureté des combats.

— Vous avez interrogé Semba ? Il était là, lui aussi. Il vous dira les mots exacts. Si c'est les mêmes, alors, je serai bien forcé d'agir comme vous voulez.

— Jonas, je ne veux rien. Je cherche à vous éviter le peloton.

— C'est chic, mon capitaine. Faudrait plus d'officiers comme vous.

— Ne vous méprenez pas, je n'éprouve aucune sympathie particulière à votre égard. Mon rôle est de vous défendre dans un procès que je me refuse à voir bâclé. Et ce rôle, je le remplirai. Quant au soldat Semba, le caporal Bohman lui signifiera son audition.

Paris, deux mois plus tôt

Le soldat est attablé à l'Arrivée. Aussi bien, il aurait pu entrer au Départ, les bistrots ont l'imagination ferroviaire. Mais le sens des trains, il s'en fout. Voilà longtemps qu'il se fout de tout et que plus rien n'a de sens.

De l'autre côté de la rue, l'horloge de la gare marque cinq heures. Cela n'a pas la moindre importance. Le soldat l'a regardée parce qu'une horloge est faite pour ça. C'est un reste d'avant qu'il a conservé. Il en a, parfois, qui lui reviennent. Ce sont des renvois de mémoire. Des petits rots d'habitudes. Comme le bouillon Kub qu'il a commandé.

— Un bouillon Kub.

Le garçon l'a reluqué. Et c'était de la méfiance qui coulait de son regard. De l'étonnement, aussi, avec du dégoût tout au fond. Il y en a des choses dans les yeux d'un garçon pas amène. Les yeux d'un type qui vous renifle comme une carne chez le boucher :

— On n'en sert pas.

Mais l'autre, déjà, n'y est plus. Maintenant, c'est ses mains qu'il regarde.

Le garçon attend, il n'est pas du genre à aimer poireauter. Du moins, il voudrait que ça se sache.

Qu'on le lise de loin, comme le menu écrit au blanc d'Espagne sur les vitres : ici, vrai loufiat. On ne lui jouera pas la chansonnette. Surtout un biffin même pas foutu de gagner la guerre. Lui, il connaît la musique. Si on l'avait laissé la jouer… Mais voilà, l'armée a refusé ses pieds plats. Une honte, il dit, pour un Français de son tonneau. Réformé une première fois. Puis une seconde, pour plus cher, quand on avait rappelé les exemptés. Loin de la canonnade, il aurait pu dormir tranquille, mais se regarder tel quel, c'est parfois difficile. Alors, il a noyé ses petites lâchetés dans l'aigreur. « Le sort s'acharne », il soupire à qui veut l'entendre. À force, il a fini par le croire, il est devenu amer. Il a pris l'uniforme en grippe. À commencer par les galons, les médecins militaires et les officiers dans les bureaux. Puis c'est descendu aux hommes de troupe. Trop de fleurs aux fusils, trop de mouchoirs mouillés quand il avait droit aux réflexions et aux sous-entendus.

— Alors, monsieur Paul, toujours pas parti ?

Non, toujours pas. M. Paul veille sur Paris vidé de ses hommes. Montés au front comme on fiche son camp. Le bivouac, il aurait pu, lui aussi. Sac au dos et frais payés. « Dans les boyaux, la propreté est parfaite ! Pas de boue, pas de détritus, pas un morceau de papier ! Une ville qui serait aussi bien entretenue serait un sujet d'humiliation pour nos boulevards. Dans l'ombre, les porteurs de soupe rappellent les bas-reliefs du beau temps de la Grèce. L'odeur du repas des guerriers se répand dans l'air frais. » M. Paul a lu ça dans *Le Journal* et ça lui fait mal aux tripes. « Les bas-reliefs de la Grèce » quand il s'appuie les graffitis des cabinets.

« L'odeur du repas dans l'air frais » quand il baigne dans le graillon. Les détritus balayés dans la sciure, les mégots et les glaires dès qu'un gazé se prend d'une quinte sur son eau de Vittel. Les gazés ! Sitôt rentrés, ils se pavanent dans ce que Paris compte de cafés. Gazés ! M. Paul aussi a les bronches fragiles, il n'en fait pas un roman !

Tout ça le rend haineux. Il a des cors, un plateau qu'il porte comme une croix et des pourboires qui ne valent pas un merci. L'arrière n'est pas une sinécure. Ça aussi, il voudrait que ça se sache, sans quoi en se croisant dans un miroir il verrait peut-être un planqué. M. Paul est une grande anguille passée à travers les mailles du filet. Il le sait. Il sait exactement ce qu'il vaut. Une pièce dans la soucoupe. Rien de plus. Et c'est tout de même dur à avaler.

— Alors ? il demande, un doigt sous son col dur qui l'irrite jusqu'au furoncle.

À sa table, le soldat contemple toujours ses mains. Des mains à tordre le cou des poulets. C'est un de la campagne, pense M. Paul qui s'y connaît en mains. Celles du fantassin ont sarclé la terre. Elles portent de noires crevasses et les morsures du vent. Elles ont le cuir épais d'un cheval de trait.

Paysan ! pense M. Paul en son for intérieur. Une pensée bien sentie qu'il garde pour lui. L'autre a levé les yeux. On croirait qu'il a entendu.

— Du Kub, on n'en sert plus à cause du nom, explique M. Paul, un ton en dessous.

— …

— C'est allemand… Ferait beau voir qu'on vende de la soupe boche quand nos soldats sont sur le front.

M. Paul est une vigie. Sans lui, on servirait encore de l'eau de Seltz aux comptoirs et du Byrrh à l'apéro. Que ces saletés ne soient pas plus boches que le pape n'empêchera pas un vrai Français de leur faire un sort. Mieux vaut prévenir que guérir.

M. Paul s'est enveloppé dans son torchon comme dans les plis du drapeau :

— Pas de produit prussien dans une maison française !

C'est comme s'il soufflait dans une jambe de bois. Il donnerait un mois de pourliches pour que le soldat baisse ses yeux soudain devenus vides. « Comme ceux d'un mort », il dira à la police. À ses heures, M. Paul fait la mouche. Près des gares, elles ont de quoi se repaître. Les déserteurs, les permissionnaires interdits de Paris, les traîne-lattes, les défaitistes, les espions… Ça en représente du monde qu'il faut avoir à l'œil. Sans compter le tout-venant bleu horizon. Un train de poilus, c'est sauvage. Des fauves feraient moins de dégâts. Faute de brûler Berlin, ils saccagent les wagons et les halls de gare. Mais ils ont droit au repos, à ce qu'il paraît. La République est bonne pomme.

Le regard du soldat transperce M. Paul comme une baïonnette. Il traverse le tablier, le gilet noir, la chemise douteuse, le tricot et la peau. Il pénètre la chair, les muscles et les tendons. Le squelette ne l'a pas arrêté. À présent, l'homme regarde à travers le garçon de café comme à travers un miroir sans tain.

Zone du front, hôpital d'opération et d'évacuation

Mal.

Suis où ?

Il fait noir. C'est la nuit ?

Les copains ? Sont venus ?

Ohé ! La patrouille !

Ça crie dans ma tête. Les mots sortent pas. Ils restent en dedans comme un écho.

Écho... ho... ho...

Ho !

La patrouille !

Suis couché sur le dos. En dessous, pas de terre. Je suis pas allongé sur la terre.

Couverture. On m'a ramené.

Ra-me-né !

Merci, mon Dieu.

J'ai mal. La tête. L'écho fait mal. Ne pas crier en dedans.

Soif.

J'ai soif.

Bouche sèche. Ça coule épais. Tout sec.

Trop soif. J'ai de la terre sur la langue.

Trop mangé la terre.

Boire.
Trouve pas le bidon.
Trouve pas la bouche.
Fait noir.
Ça cogne, la tête.
Mal.
Mal aux dents.
Suis tombé. Montais vers les lignes, suis tombé.
Mort.
...

Nom de Dieu ! Serrez-moi ce garrot, vous voyez bien que le sang passe. Tournez, bon sang, tournez ! Vous n'avez rien dans les bras ? Faites entrer le cuir dans la chair, je veux la voir blanchir ! Allons, quoi ? C'est l'odeur ? Vous vous croyez au couvent des Oiseaux ? Vous avez mal lu l'engagement ! Vous êtes dans un hôpital militaire. De campagne, qui plus est.

Mais serrez donc, ma sœur. Comment faut-il vous le demander ? Vous ne voyez pas qu'on va le perdre ?

Laudanum ! Collez-lui une nouvelle dose. Il n'est pas envapé. S'il gigote, on n'y arrivera jamais.

Comment voulez-vous que j'ampute s'il convulse ? Il va me faire le coup de la scie sauteuse. Voilà ! Tournez encore. Un poil. Là, c'est bon.

Scie !

Merde, où est passé l'os ? C'est de la pâtée pour chiens là-dedans. Ôtez-moi ces éclats. Tant pis, pas le temps, on coupe au-dessus. Posez un second garrot. Quoi, où ? Vous êtes miro ? Là ! Cinq centimètres sous ses bijoux de famille. Écartez-les, ils ne vont pas vous mordre.

Ne les laissez pas pendouiller, si je ripe, je n'en réponds pas.

C'est bon, le garrot.

Tenez son bazar, à présent. Quand on est un homme, on a la faiblesse d'y être attaché.

Tenez ! Qu'il puisse au moins lever le moignon devant ces dames.

Attention…

J'ampute !

…

Tamponnez-moi !

…

Front. Le front…

Je ruisselle. Foutue sueur ! J'y vois goutte.

…

Épongez. On nage dans le sang !

….

Sueur ! Tamponnez.

…

Ho ! Ça va ?

…

Prochaine fois, qu'ils nous envoient un commis boucher… Au moins il saura découper la viande…

…

Tampon !

…

Et il ne tombera pas dans les pommes !

…

Parce qu'on va y avoir droit !

Ne vous agrippez pas comme ça à son attirail ! Le tenir, j'ai dit, pas lui arracher…

…

Oui ! On y arrive.

Attention, y a encore du tendon. Manque un petit coup de scie.

Là !

C'est fait.

Ligature. Vite !

Catgut !

…

Faudra que ça tienne.

Jetez-moi cette jambe. Sert plus à rien. Qu'à nous empuantir.

Allez, on ferme. Hop ! Un beau saucisson.

Charpie.

…

Zou ! Reste à croiser les doigts.

Pardon ? C'est du pareil au même. Mais, puisque vous êtes de la partie, ne vous gênez pas. Priez. Si le bon Dieu vous entend, ce sera toujours un que le diable n'aura pas.

Et qu'on me nettoie ce billard ! À grande eau.

Bordel ! Pas le temps de s'en rouler une, y en a dix qui attendent.

…

Pas le temps, pas le temps… Une minuscule, vite fait…

…

Ahhh ! C'est le petit Jésus en culotte de velours.

Oh, pardon.

Vous fumez, ma sœur ?

…

C'est votre première amputation, n'est-ce pas ? Vous vous en êtes bien sortie. Quand vous aurez le tour de main pour le garrot, on fera du bon boulot, tous les deux. Ne vous bilez pas, « nos soldats sont soignés par les maîtres de la science ». Ce n'est pas moi qui le dis, c'est le *Bulletin des communes*. Officiel, estampillé, affiché sur les mairies. Alors, tranquillisez-vous. Vous et moi, on est des maîtres de la science.

Holà ! Crapaudez pas comme ça, la tête va vous tourner. Le gros-cul, c'est pas de l'encens de messe.

Ça m'a tout l'air d'être aussi votre première cigarette. Un double baptême, vous êtes vernie.

Hé, là ! Qu'est-ce qu'on nous amène ?

Nom de Dieu, une gueule cassée. En piste. Vous n'avez pas encore tout vu, ma sœur ! Bienvenue en enfer !

Capitaine Cambris

On vous a gâté, Duparc. Tout à fait entre nous, je n'échangerais pas ma place contre la vôtre. Votre lascar les accumule. Au train où il va, il sera bientôt moins facile à défendre qu'une position encerclée par les Boches.

Pardon ? Non, bien sûr, rien n'est jamais perdu d'avance. Vous êtes un battant. À la bonne heure, le pays en a besoin. Mais le dossier est bouclé. Quant à moi, je ne doute pas de sa conclusion.

Je vous l'accorde, il n'existe aucun témoin direct des faits. Et après ? Ce dont nous disposons n'en est pas moins probant.

Jonas est le type même de l'élément susceptible de pourrir une unité. Un membre gangrené… Mais non, il ne s'agit pas d'un portrait à charge. Votre lascar manifeste un mauvais esprit latent, il est tire-au-flanc, sournois… Bien sûr, cela n'en fait pas un assassin. Mais reconnaissez que son sac est lourd, il rend votre mission formelle…

Pardon ? À nouveau vous m'avez mal compris. Nous n'avons là-dessus pas l'once d'une divergence. Le droit d'un accusé est d'être défendu. Nous ne sommes pas chez le Kaiser ! La règle ne souffre aucune exception. Cela étant posé, il est des accusés dont la culpabilité n'est pas contestable. Leur défense est formelle en ce sens qu'elle ne vise pas à montrer leur innocence mais s'efforce d'adoucir la lumière éclairant leur geste. De leur valoir des circonstances atténuantes.

Quelles preuves ? Qu'en avons-nous besoin ? Les éléments qui entourent l'affaire, les actes de l'accusé, sa personnalité sont de nature à tisser un faisceau de faits aussi solide que des preuves. Les menaces proférées à l'encontre du lieutenant, l'escapade de Jonas chez les mutins…

… Ah, çà ! Vous l'ignoriez ?

Allons, inutile de louvoyer pour apprendre ce que vous ne saviez pas. Je ne suis pas homme à garder une carte dans ma manche. Jonas a tardé à rejoindre sa compagnie parce qu'il a fait un détour par les bois de Missy.

Affirmatif. Ceux-là même où s'étaient réfugiés les mutins du 370e.

Interrogatoire du sergent Hardouin par le capitaine Duparc

(notes du caporal Bohman, greffier)

— Vous appartenez au 370e régiment d'infanterie ?

— Oui, mon capitaine.

— Le 2 juin, votre régiment s'est rendu coupable de mutinerie.

— L'affaire est jugée, mon capitaine. On va rouvrir le dossier ?

— Les meneurs ont été punis ; quant aux autres, eu égard à vos faits d'armes, l'état-major a fait preuve de clémence. Le dossier est clos. J'aimerais que vous me parliez du soldat Jonas. Vous savez de quoi il est accusé…

— Tout le monde le sait, mon capitaine…

— Nous gagnerons donc du temps. Dans quelles circonstances Jonas a-t-il rejoint le 370e ?

— Sa compagnie s'était repliée. En cherchant à la retrouver, il est tombé sur le régiment.

— En cherchant à la retrouver, vous en êtes certain ?

— Du moins, à son arrivée, il n'a eu de cesse qu'on lui ait dit où se trouvait son unité.

— Il n'est pourtant pas reparti tout de suite…

— Il était harassé, secoué par ce qu'il venait de

vivre. Je crois qu'il n'a pas vu malice à souffler avant de reprendre la route.

— Souffler… En êtes-vous certain ? Quelle fut son attitude pendant les événements ?

— Il a suivi, comme la plupart. Une histoire pareille, c'est comme une vague, vous êtes pris dans les remous et elle vous emporte. Vous ne pouvez pas lui échapper.

— La vague les a emmenés loin. C'est un vrai camp retranché que les mutins ont organisé dans les bois de Missy.

— Ils ne savaient plus ce qu'ils faisaient.

— Il a fallu le renfort de la 5e brigade de cavalerie pour en venir à bout…

— Je ne vais pas les justifier, mon capitaine, mais les hommes n'en pouvaient plus. Quinze jours de front sans relève, les permes qui sautent…

— Je sais tout cela. L'état-major lui-même en a tenu compte. Je sais aussi que vous avez fait ce qui était en votre pouvoir pour ramener vos camarades à la raison. Cela vous a valu de conserver vos galons.

— Oui, mon capitaine.

— Je désire simplement vous entendre parler de Jonas.

— Bien, mon capitaine…

— …

— …

— J'attends, sergent !

— Comme ça, c'est difficile…

— Il a suivi le mouvement, avez-vous dit. Bien qu'il ne soit pas des vôtres, il n'a donc jamais cherché à prendre ses distances.

— Comment expliquer ? Jonas a collé à la compagnie comme un de ces chiens qui suivent les régiments. Vous en avez déjà vu. Personne ne sait d'où ils viennent. Ils surgissent d'un bois, d'un village ou de nulle part. Du plus loin qu'ils étaient, ils ont senti l'odeur de l'homme, et c'est plus fort qu'eux, il faut qu'il la suivent. Chercher la présence humaine, c'est dans leur nature. On peut leur botter le train, leur lancer des pierres, ils reviendront toujours. C'est pitié de les voir. Ils sont même fichus de s'attacher à une brute épaisse. Un de ces types qu'un coup de bâton sur un clébard fera toujours rire. S'ils ont jeté leur dévolu dessus, rien ne les fera changer de route. Jonas, c'est l'image qui m'en vient.

— Aucune autre ?

— Je vois pas.

— Réfléchissez.

— …

— Votre régiment avait décidé de marcher sur Paris.

— C'est des idées que les gars se mettent en tête quand ils ont un coup de sirop.

— Elles pouvaient plaire à Jonas. Une armée d'hommes se jetant sur les routes pour y semer le désordre. Quelle aubaine pour un assassin en fuite…

— Leur histoire ne valait pas tripette, mon capitaine. Ils n'avaient aucune chance…

— À ce moment-là, ils croyaient le contraire. Les agitateurs, la situation en Russie, les rumeurs d'un grand soulèvement… Vous en avez témoigné, on disait Paris en proie à l'émeute, l'Hôtel de Ville en flammes… Le chaos était pain bénit pour Jonas.

— Sous cet angle…

— Vous affirmez qu'il n'a fait que suivre. D'autres pourraient avoir un avis différent.

— C'est possible.

— « Le 4 juin, un homme portant l'insigne du 334e RI se joint à la compagnie. Comme le caporal Charcot l'interroge, le soldat Verjean intervient : "C'est Tranchecaille, il est des nôtres." »

— Qu'est-ce que c'est ?

— Le rapport du soldat Vargnier.

— Vargnier ? Un rapport ?

— En rédiger fait partie de ses attributions.

— Ses attributions…

— Celles d'un agent de la sûreté aux armées.

— Vargnier ?

— Je cite : « Quand je questionne Verjean, il me répond que le soldat Jonas, surnommé Tranchecaille, ou Paire-de-braies, a refusé d'obéir à l'officier commandant sa compagnie qui lui ordonnait d'aller chercher le pantalon d'un mort. "Ceux qui le prenaient pour une brêle en ont été pour leurs frais. Un peu plus et le Jonas faisait péter une mutinerie." Comme je cherche à en apprendre davantage, Verjean précise que, cycliste au 370e, il portait un pli au 334e quand l'incident a éclaté. Il déclare : "Tranchecaille est un malin, il cache son jeu." Alors que je l'incite à poursuivre, il me parle d'un exemplaire du *Bonnet rouge* que Jonas "planquait sous son tricot". »

— Je ne l'imaginais pas ainsi, mais je ne peux que m'en remettre à des impressions. Je ne connaissais pas Jonas. Pourquoi est-ce moi que vous interrogez ?

— Parce que vous êtes un sous-officier assez proche de vos hommes pour ne pas vous en désolidariser et suffisamment conscient de votre rôle pour ne pas les laisser s'égarer.

— Jonas n'était pas un de mes hommes.

— « S'ils s'obstinent, ces cannibales, à faire de nous des héros, ils sauront bientôt que nos balles sont pour nos propres généraux… »

— *L'Internationale*…

— Le 2 juin, la 17e et la 19e compagnie refusent d'obéir au colonel commandant le régiment qui tentait de s'adresser à la troupe. Deux cents hommes entonnent *L'Internationale* et se mettent en marche vers l'arrière, passant de chaque côté de l'officier, « comme les deux bras d'un fleuve », dira Jonas à Verjean.

— L'image est assez fidèle.

— Et Jonas qui, selon vous, se laissait porter par le courant, n'était pas le dernier à chanter.

— Ah ?

— « Aussi faux qu'une scie », déclarera Verjean.

— Pourquoi ne l'interrogez-vous pas ?

— Son unité est actuellement sous le feu allemand. Je le ferai dès qu'elle aura été relevée.

— Je ne peux rien vous dire d'autre, mon capitaine. Pour moi, Jonas était un gars comme il en existe des milliers. Maintenant, si vous pensez qu'il simulait, vous avez sans doute de bonnes raisons.

— En effet.

— Mon capitaine, lors de la mutinerie, la moitié des hommes étaient ivres. De vin, de fatigue, de cafard… L'offensive sur l'Aisne devait rompre le front en quarante-huit heures. Deux semaines après, on piétinait toujours…

— Nous savons tout cela, sergent ! Et l'état-major

aussi. Le général Nivelle a été remplacé. Ce qu'il m'importe de comprendre, c'est l'attitude de Jonas et sa personnalité. Vous le décrivez comme un faible, une victime.

— C'est ainsi que je l'ai perçu.

— L'accusation en fera un lâche doublé d'un comédien.

— Et vous, mon capitaine ? Vous êtes son défenseur…

— Justement… J'aimerais savoir.

Soldat Verjean

Je faisais la liaison cycliste entre le 370e et le 334e. Mais depuis Missy, mon lot, c'est la première ligne. J'en redescends pas souvent. J'ai coupé au tourniquet, mais je me demande si ça valait le jus. Mon tort c'est d'avoir eu la langue trop longue… Enfin, ce qui est fait est fait.

Jonas ? J'en ai raconté plus que de raison. Je pouvais pas deviner que je causais à un mouchard… Vargnier, un agent de la sûreté…

Si Jonas voulait faire péter une mutinerie au 334e avec l'histoire du pantalon ? Qui a bonni ce truc-là ?

Moi ? Moi j'ai dit ça ? Il en a pas rajouté un peu, Vargnier ? Charger la mule pour être dans les petits papiers de ses chefs, il serait pas le premier…

Mettons que j'aie pu enjoliver. On s'était chauffé les sangs. Personne voulait être en reste, moi comme les autres. Alors, j'en ai peut-être rajouté.

Quand Jonas s'est pris de bec avec le lieutenant Landry, on a tous senti que les gars le soutenaient. Si le lieutenant avait été plus loin, personne peut dire ce qui se serait passé. Mais voilà, c'est redescendu comme c'était monté. S'il faut penser mutinerie à chaque coup de tabac, faut revoir le dictionnaire.

Tout de même, quand j'y repense… Vargnier… On le paie bien pour faire ses saloperies ?

Excusez, mon capitaine. Vous êtes pas en cause mais j'ai plus rien à perdre, alors, si je pense que moucharder c'est des saloperies, sauf votre respect, je dirai que c'est des saloperies.

Le Bonnet rouge ? J'ai rapporté que Jonas planquait *Le Bonnet rouge* sous ses vêtements ? Je l'ai vu le coller sur son tricot de peau, oui, bien sûr. Le planquer, c'est autre chose. Il mettait ce qui lui tombait sous la main. Ça aurait pu aussi bien être *La Victoire* ou *Le Clairon du poilu*. Quand on se gèle le cul, on regarde pas ce qu'on y fout pour le réchauffer. Sans compter qu'avec son pantalon trop grand, Tranchecaille allait pas se montrer difficile. Sa paire de braies, fallait bien qu'il la remplisse. Et puis, mon capitaine, entre nous, *Le Bonnet rouge*, il est passé par toutes les couleurs. Celles de l'union sacrée comme les autres. Un coup contre la guerre, un coup pour l'armée. Aujourd'hui, il est de nouveau pour la paix… Il a suffi qu'il tourne casaque une fois de plus pour qu'on le dise vendu aux Boches. La belle histoire pour enfants sages ! Vous connaissez son patron, Almeyreda. Il se veut anarchiste, c'est un arlequin. Pour composer ses articles, les encres Lorilleux n'auront bientôt plus assez de teintes à leur palette. Alors allez savoir quel *Bonnet rouge* Jonas a enfilé pour avoir plus chaud…

De ce que j'ai dit, Vargnier a retenu ce qu'il avait envie d'entendre. Ça lui vaudra une récompense.

Une planque à l'arrière où il pourra noter les jolis rapports que lui enverront d'autres saletés d'ordures de mouches à merde.

Maintenant, mon capitaine, puisque vous défendez Jonas, je suis prêt à dire que Vargnier a menti. Ce qui peut m'arriver, je m'en contrefous. Ça sera pas pire. Simplement, faut vous dépêcher parce que je suis comme qui dirait en sursis. La première ligne, je la tiendrai plus longtemps. Je me demande même si je suis pas déjà mort.

Chère Louise,

Votre dernière lettre est un soleil. Il me réchauffe encore tandis que je vous écris. Pour vous répondre, j'ai dérobé quelques instants de solitude que je partage avec vous comme un secret d'amoureux. Ce que nous sommes.

Ainsi, vous avez commencé notre petit feuilleton. Sous votre plume c'est votre voix qui le murmure à mon oreille. Votre rire, aussi, quand vous inventez mille péripéties pour notre pauvre Bohman. Vous avez le pouvoir de me transporter loin du front et de l'affaire qui m'écrase. Mieux. Vous m'aidez à la porter en allégeant son poids. Oui, comme vous l'imaginez, Bohman doit être un lecteur assidu de la presse parisienne. Peut-être même en alimente-t-il les colonnes sous un nom d'emprunt. Rouletabille, Fandor, avant d'être redresseurs de torts, ne font-ils pas profession de journalistes ?

Tout comme ceux de ce nouveau *Canard* qui se baptise *enchaîné*, et dont vous m'entretenez. Savez-vous que j'ai surpris Bohman la main dans ses plumes ? La réalité rejoint la fiction. Mon greffier apprécie cet impertinent volatile dont il goûtait la dernière livraison lorsque je suis entré dans notre « bureau ». Les ciseaux d'Anastasie avaient quelque peu déplumé ce brave palmipède, mais il en restait assez pour distraire un caporal enquêteur. Et, je l'avoue, son capitaine. Ces gens ne manquent pas de culot et l'expriment avec un style qui évoque l'équilibre du funambule. Écrire sur le fil, à égale distance du défaitisme et de ce zèle outrancier qui confond le patriotisme et sa caricature, tient de la haute voltige. Savez-vous avec quelle profession de foi est né cet oiseau de papier ? Je la tiens de Bohman : « *Le Canard enchaîné* prend la grande liberté de n'insérer, après minutieuse vérification, que des nouvelles rigoureusement inexactes. Chacun sait, en effet, que la presse française, sans exception, ne communique à ses lecteurs, depuis le début de la guerre, que des nouvelles implacablement vraies. Eh bien, le public en a assez ! Le public veut des nouvelles fausses pour changer. Il en aura. » Ce chant témoigne d'un panache qui devrait laisser tous nos Chanteclerc sans voix. Mais ne rêvons pas trop.

Gardez donc à votre Bohman la légèreté que vous lui avez donnée. Elle est rafraîchissante à l'heure où tant de prosateurs se croient inspirés de prendre leur crayon pour une baïonnette. S'ils veulent en découdre, ils ne seront pas de trop sur le front. Qu'ils nous rejoignent, leurs lecteurs s'en remettront. Je préférais le Gustave Le Rouge du *Voleur de visages* à celui qui alimente laborieusement la collection « Patrie ». Et nul n'en aurait voulu à notre cher Leroux de rester à l'écart du mouvement. Même s'il croit remplir un devoir dont il n'a pu s'acquitter en étant réformé.

Ainsi donc, vous voyez notre Bohman aux prises avec *Les Vampires* de M. Feuillade, du cinématographe. À la réflexion, il n'est pas sans rappeler Mazamet, leur truculent héros. À cause de votre délicieuse facétie, je ne pourrai désormais plus le regarder autrement.

Puissent les canons allemands être aussi inoffensifs que celui de Satanas.

Je vous adore.

Zone du front, deux mois plus tôt

C'est un calvaire planté dans le cimetière d'Ancourt. Noir et de poussière et de suie. Noir de la pluie qui descend comme un rideau sale sur les tombes éventrées. Depuis deux jours, elle dégouline sur les hommes, les bêtes et les pierres. Sur les morts, aussi, qu'elle barbouille comme des masques de carnaval. Il en est qui sont sortis de terre, moussus et décharnés. Leurs orbites font de grands vides qui leur donnent des airs d'étonnement. Le canon s'est tu mais le silence hésite encore. C'est le bruit de l'eau dans les mares creusées par les obus. Le débordement d'une gouttière crevée. Le petit tambour des gouttes sur la capote d'un soldat le visage dans la boue. Il y a des lambeaux de fumée qui s'accrochent aux arbres calcinés, des nuages gros comme des chagrins et des pierres renversées.

Au milieu de tout ça, il y a le calvaire. Et le Christ, à ses pieds, arraché à la croix. Les bras écartés sur le vide. On dirait un de ces hommes-oiseaux qui s'élancent dans l'air, certains de s'y envoler. À le voir ainsi tombé, c'est une grande misère qui vous prend.

Vous avez connu l'horreur, les copains hachés par la mitraille. Les corps qui se décomposent, pendus aux barbelés, les mourants qui appellent leur mère, des jours durant, entre les lignes, jusqu'à ce qu'un tir les achève. Parce qu'il faut bien que quelqu'un le fasse, mon Dieu. Et ce quelqu'un, c'est vous.

Vous avez senti l'intérieur d'un homme se vider, chaud et palpitant entre ses doigts croisés pour retenir sa vie. Vous avez entendu ce vieux soldat allemand, les mains levées, vous appeler *Kamerad* avant qu'un tirailleur lui loge dans le crâne une balle sacrément bien ajustée. À l'instant précis où il tombait vous avez pensé : « t'avais qu'à pas être là, mon con ! » ou « c'est pour Eugène qu'est pas revenu du pré aux bois », ou encore « tu salueras Bismarck chez Satan » ou mille conneries du genre. Et à cet instant précis vous avez eu honte. Comme vous avez honte devant le Jésus tombé. Et, bon sang, vous ne sauriez même pas dire pourquoi.

C'est le soir. L'Angélus. Vous vous souvenez de ce tableau du calendrier des postes. La mère l'avait encadré au-dessus de la huche où elle rangeait les draps. On voyait deux paysans aux labours, le front baissé et les mains jointes. Ils ignoraient que le ciel allait s'ouvrir sur un déluge de feu.

— Qu'est-ce que tu fous ?

Deux soldats ont fait irruption. Sous leur masque à gaz, ils ressemblent à des taupes après l'orage.

— T'as retiré ton groin ?

Le vent a chassé les gaz, il n'y a plus de danger. Mais ils hésitent. Allez savoir si la terre d'un cimetière bombardé n'exhale pas pire que de l'ypérite.

Le premier saute le pas.

— On crève là-dessous ! il soupire, masque ôté.

Le second l'a imité. Devant le Christ et sa croix il dit :

— C'est drôle.

Mais ce n'est pas le mot qu'il cherchait. Il hausse les épaules. L'autre s'est baissé :

— Michto !

Dans la terre retournée par les obus, le caveau béant ressemble à l'entrée de la baraque fantôme. Le soldat est penché. Il siffle entre ses dents. Un petit air qui pourrait signifier « c'est chaud » ou « par ici la bonne soupe ». Son copain s'est approché :

— Mince…

Le premier soldat a remis son masque. Les gaz stagnent au fond des trous. Agenouillé au bord de la fosse, il y plonge son fusil et, à nouveau, il a ce petit sifflement entre les dents :

— C'est une mine d'or qu'elles ont creusée, les marmites…

Du canon de son Lebel, il fouille la tombe. Et c'est une rivière de diamants qu'il en remonte.

— On a gagné le cocotier !

— Fa-mi-ille de For-tan-c-court. Famille de Fortancourt. C'est à moitié effacé.

Sur la pierre tombale brisée, des portraits sépia jaunissent.

— Ar-mand de Fortancourt 1850-1912, Ge-ne-viève de Fortancourt née de Saint-Au-mal. De Saint-Aumal 1860-1890, Mar-gue-rite de…

— Ho ! Tu vas pas nous faire l'arbre généalogique… Aide-moi plutôt à descendre.

— Descendre ?

— Tes Fortancourt s'embarquaient pas sans biscuits pour leur dernier voyage.

— Des biscuits ?

— Et pas en toc. Ce serait dommage de pas s'en occuper.

— Piquer leurs bijoux ?

— Piquer, piquer… Tout de suite les grands mots. Si on s'en occupe pas, d'autres s'en chargeront. Tu veux que leurs bibelots finissent au cou d'une grosse Boche ?

— Pour sûr, non. Mais les Boches, c'est pas eux qui ont repris le cimetière.

— Pour le moment, mon petit père, pour le moment… Aujourd'hui nous, eux demain. Qui peut prédire ? Attaque, contre-attaque, offensive, contre-offensive. Il faut savoir anticiper. En stratégie, c'est la clé. N'importe quel général te le dira.

— Ils ont anticipé jusqu'à présent ?

— Justement, on sera moins cons qu'un général. L'anticipation, on va s'en mettre plein les fouilles.

Tout à leur affaire, ils vous accordent autant d'importance qu'aux chrysanthèmes, mais un bruit vous rappelle à eux. Dans les yeux du grand se lit une somme de calculs sur le partage à trois. Ils sont beaucoup plus compliqués qu'une division par deux.

Pour leur montrer que les breloques vous laissent de marbre, vous reprenez votre harnachement :

— Bonne pioche…

Une balle dans le dos ferait de vous un mort au combat très honorable. Vous haussez les épaules, ils n'en sont tout de même pas là.

— Hé, toi !

Sans vous retourner vous faites au revoir de la main, mais une vague inquiétude vous envahit.

Bien plus tard, en poussant la porte d'une cellule de fortune, vous vous en souviendrez. Sur son galetas où courent les blattes, un prisonnier vous regarde. Ses yeux avaient cette même expression de vide au-dessus du masque à gaz, dans un cimetière dévasté.

Des semaines ont passé. À présent, Jonas est un pauvre type dont l'avenir tient tout entier sur un poteau d'exécution. Il fait son regard de bête sans malice mais vous lui trouvez d'autres reflets.

« Ils n'en sont tout de même pas là », vous aviez pensé en leur tournant le dos. Vous en êtes moins sûr. Le dos, déjà. L'idée a germé comme une mauvaise graine. Il sera dur de l'arracher. Cent fois, vous serez tenté de raconter l'histoire à votre capitaine. Cent fois vous renoncerez. Après tout, vous n'êtes que le greffier.

N'est-ce pas, caporal Bohman ?

Soldats Marcel, Canche et Lavoine

Mon capitaine, on est venus vous trouver à cause de Jonas. On en a causé cette nuit, avant de se décider. Alors, voilà. On croit pas qu'il a tué le lieutenant. Une histoire de pantalon, pour personne ça vaut la vie d'un homme. Sous le coup de la colère, on ne sait pas ce qui peut passer par la tête d'un gars trop fatigué. Un geste, ça part vite. Mais depuis le temps, la rogne de Jonas était retombée. Oh, bien sûr, la vengeance et les plats qui se mangent froid, on connaît. Mais là, c'était plus du froid, c'était du gelé… Pour une histoire où, quand on y réfléchit, c'est le lieutenant qui aurait dû l'avoir mauvaise. Au final, il avait mangé son képi. Jonas avait eu gain de cause. Il aurait même pu rouler des mécaniques, après ça. Il n'y a pas pensé. C'est pas son genre. De son côté, le lieutenant a compris qu'il avait loupé le coche. On ne se fait pas respecter avec des trucs pareils. Bien sûr, force reste à la loi et la loi c'est les ordres et le commandement. Mais pour ce qui est du respect, c'est autre chose… Que le lieutenant ait fait marche arrière prouve qu'il avait du jugement. Pas un l'a méprisé pour ça, au contraire. Un officier qui reconnaît une erreur est proche des hommes et apprécié comme tel. Si le lieutenant s'était obstiné, il aurait emporté le morceau, bien sûr. Mais après ? On peut parler franc avec vous, mon capitaine. Le lieutenant y aurait rien gagné. Se faire obéir, c'est facile, il suffit d'un galon sur la manche. Mais si on en reste là, c'est court. Ça va pour faire marcher des hommes au pas. Les conduire au combat, c'est autre chose. Les conduire vraiment, on veut dire. Marcher avec eux, devant eux et qu'ils vous suivent sans barguigner. Ça s'impose pas, mon capitaine, ça se gagne. Forcer un gars à enfiler le pantalon d'un mort, c'est pas le bon moyen d'y arriver. Le lieutenant est monté sur ses ergots, un jeune coq a le sang chaud. S'il s'était obstiné, c'était perdu pour lui. Mais il a pas craint de rengracier. Pour nous, c'était un bon point. Ça lui laissait toutes les chances de faire ses preuves. Il les a faites. Et Jonas pouvait pas lui en vouloir. Pour un coup on avait tous été derrière lui. Il était devenu la vedette.

Après ça, et des jours plus tard, vous le voyez en plein assaut, avec les Boches en face, régler son compte au lieutenant ?

On saura probablement jamais ce qui s'est passé. Ni comment le lieutenant a perdu la vie. Mais c'est pas parce que Jonas en est revenu qu'il faut lui faire payer. Si l'assaut a foiré, qu'on regarde plutôt vers ceux qui l'ont ordonné. Et qu'on compte les morts.

… Pardon, mon capitaine. Je vous présente mes excuses. Ce que je viens de dire engage pas les copains et je le retire.

Merci, mon capitaine.

Quatrième interrogatoire du soldat Jonas par le capitaine Duparc

(notes du caporal Bohman, greffier)

— J'aimerais vous entendre parler de la mutinerie de Missy.

— J'ai rien fait là-dedans, mon capitaine.

— L'accusation ne sera pas de cet avis.

— On m'accuse aussi de ça ?

— Vous avez déclaré avoir tardé à rejoindre votre régiment en raison de son repli.

— C'est bien ça.

— N'est-ce pas plutôt parce que vous avez rallié les mutins ?

— Rallié ?

— On vous a vu défiler, chanter avec eux…

— Qu'est-ce que c'est que cette histoire ?

— Le rapport d'un agent de l'intérieur…

— Un mouchard ? C'est pas vrai, mon capitaine, je…

— Il suffit, Jonas ! Votre pedigree commence à être chargé. Après avoir assassiné le lieutenant Landry, la perspective du chaos que laissaient entrevoir les émeutiers faisait votre affaire. Marcher sur Paris, semer l'insurrection, vous fondre dans le désordre…

— Vous aussi, vous croyez que je l'ai tué ?

— Tout vous accuse. Et vous taisez la moitié des choses !

— Quelles choses ?

— Le capitaine Cambris a été trop bon de m'apprendre votre participation à la mutinerie. Pourquoi ne pas m'en avoir touché mot ?

— Je sais pas, je pensais que ça n'avait pas de rapport…

— Mais tonnerre de Dieu, êtes-vous à ce point inconscient ou vous foutez-vous vraiment de moi ?

— J'ai pas mutiné, mon capitaine. C'était même pas mon régiment. J'ai fait que suivre. Deux jours dans le trou à rats avec les obus qui miaulaient au-dessus de ma tête et la terre qui tremblait tant que je la sentais dans mon ventre, comme un tord-boyaux… Et la route à faire seul pour rejoindre tandis que l'artillerie boche allongeait le tir sur l'arrière… j'aurais suivi n'importe qui portant l'uniforme français.

— Allons donc !

— C'est tombé sur le 370e. Ils étaient vivants, mon capitaine, vivants, et moi je revenais de chez les morts…

— Continuez.

— Ils chantaient, ça sentait le vin et une odeur de chez nous. Comme on en respire quand la sueur vous est venue au labeur, tout le jour durant. On a eu faim, on a eu soif, la fatigue vous a battu comme plâtre. On croyait que le soir arriverait plus. Mais il est là. Alors on suit les copains, parce que si on s'en retournait seul, ce serait encore la fatigue qui vous mènerait. L'auberge vous ouvre sa porte, on y entre sans penser à rien qu'à sa chaleur. Celle-là vous brûle pas la peau. C'est de la chaleur humaine, mon capitaine. Elle vous lave. On pourrait penser à la femme, ou à la mère, qui vous attend. On pourrait se dire que la route toute droite vous y mène. Mais c'est des autres qu'on a besoin. Et ce qui vous pousse à entrer là, c'est pas le vin qu'on va boire ni les fariboles qu'on jettera sur la table, c'est la compagnie, mon capitaine. La compagnie. À Missy, quand je les ai vus, ils faisaient comme une bande au carnaval. Y avait du chahut, des braillements et de la vie qu'ils lançaient comme des confettis. De la vie, mon capitaine. Ils avaient mis des ramures dans leur fusil. On aurait dit une forêt en bourgeons. La forêt s'est mise en marche. Faut avoir vu ça pour comprendre. La forêt en marche. Le colonel a voulu les arrêter, personne l'écoutait. Il criait des ordres, sûrement. Il parlait de devoir. Il parlait de la guerre. Mais ces mots-là on les entendait plus. Les hommes sont passés. Deux rangs, d'un côté et de l'autre du colon. Et lui, au milieu. Seul… C'est là que je les ai rejoints. Je voulais faire partie du lot moi aussi. Avec eux…

— Ensuite ?

— Ils ont dit qu'il fallait monter à Paris. Que d'autres régiments nous rallieraient. Que ça ferait comme les ruisseaux qui se jettent dans la rivière. Un grand fleuve qu'allait tout emporter. Ils en ont causé la journée entière. Et ils discutaient, et ça gueulait. Chacun y allait de son couplet. Le soir, ils ont formé un défilé qu'est descendu à Savigny. « À bas la guerre ! », ils criaient. Y en a qu'étaient partis à Cœuvres, pour rallier la 23e. La nuit entière, ça a été la foiridon. Pour sûr, mon capitaine, y avait de la viande saoule. Le pinard, ça chauffe les sangs. C'est bien dame pour ça qu'on nous remplit les bidons avant l'assaut. La peur s'y dissout comme une pomme dans un alambic. Quand elle a bien fondu, on irait décrocher les étoiles à la baïonnette si on nous l'ordonnait. Oh, j'ai bu mon coup, moi aussi, je m'en cache pas. À vider son quart en trinquant à la lune, il vous vient des idées que vous auriez jamais en tête. Des grands mots, bien ronflants.

— Révolution ? Nous y voilà !

— Fraternité, mon capitaine, moi c'est ça qui m'est venu. Fraternité. Comme au fronton de la mairie… Et puis, vous savez ce que c'est, le chahut, ça tourne vite en eau de boudin. À force, y en a qu'ont eu le vin triste. Le chambard, ils le voyaient plus pareil. C'était comme un lendemain de fête quand on se réveille avec du plomb dans la casquette. Ça s'est engueulé. Le feu mourait. Des gars s'en sont retournés. Ils parlaient d'arrêts, de tourniquet. Un cycliste a dit que ceux de Cœuvres s'étaient fait poisser par le 5e de cavalerie. Ça a jeté un grand froid. Il y a eu des petits groupes. Des types, encore, sont repartis. Ça s'effilochait. Peu à peu, le gros de la troupe est rentré au cantonnement.

— Et vous ?

— Moi, je suis resté.

— Vous vouliez être certain de ne pas laisser passer votre chance…

— Ma chance de quoi ?

— De vous fondre dans le désordre. De vous dissoudre comme votre pomme dans son alambic.

— Non. J'ai suivi.

— Pourquoi ceux qui s'obstinaient et pas les autres ?

— Je sais pas. Ceux-là étaient ensemble. Alors je suis resté.

— Vous n'étiez pas pressé de retrouver votre régiment.

— J'avais un peu tété le pinard, mon capitaine. Marcher, j'en étais guère capable.

— Vous avez pourtant accompagné les mutins dans les bois de Missy.

— C'était pas loin. Et puis marcher en troupe, c'est pas pareil. Je vous apprends rien…

— Pardon ?

— La troupe, ça vous entraîne. C'est bien pour ça qu'on nous fait marcher au pas.

— On nous fait marcher au pas…

— … Oui… Qu'est-ce j'ai dit ?

— Rien d'autre, cela suffit.

— Je comprends pas.

— Votre phrase, ce « on », ce « nous », et le ton que vous avez employé…

— Je comprends rien.

— Oh, que si ! Tout cela trahit votre dégoût de l'armée. Votre haine du commandement et de ceux qui l'ont en charge.

— Mon capitaine…

— Vous ne cessez de jouer la comédie.

— Je vous jure…

— Ne parjurez pas. Qu'avez-vous fait dans les bois ?

— Rien…

— Assez ! C'était un vrai camp retranché !

— Mon capitaine, ils disaient que les coloniaux étaient en route pour venir à bout de…

— La mutinerie, dites-le. Vous évitez le mot. Vous voulez faire croire que vous n'aviez pas conscience d'y participer…

— Non… Je pensais pas que c'était ça.

— Quoi donc ? Soyez clair.

— Une mutinerie, je pensais pas que c'était ça. Pour moi, ils voulaient juste se reposer.

— Se reposer ?

— De la guerre, mon capitaine. Poser sac à terre un moment. Ils ont pas mis la crosse en l'air, ils ont pas retourné leurs armes…

— Enfin, ils parlaient de marcher sur Paris !

— Je sais bien mais quoi, ils sont restés dans le bois. Ils voulaient juste souffler.

— « S'ils s'obstinent, ces cannibales, à faire de nous des héros, ils sauront bientôt que leurs balles sont pour nos propres généraux. » *L'Internationale*, Jonas. Vous croyez que c'est une bluette ? Vous avez chanté *L'Internationale*, oui ou non ?

— J'aurais aussi bien chanté autre chose. Les légionnaires, ils chantent le boudin, ça en fait-y des charcutiers ?

— C'est exactement le genre de remarque que j'attendais.

— Vous attendiez ?

— Vous vous montrez enfin sous votre vrai jour.

— Mon vrai jour ?

— Celui de la duplicité. Vous ne cessez de mentir.

— Je vous jure, mon cap…

— Assez ! Encore une fois, assez ! Et cette façon de dire « ils » en parlant de vos camarades, comme si vous n'étiez pas des leurs.

— Ben, j'étais pas du régiment.

— Vous n'avez même pas le courage d'être solidaire.

— Mon capitaine, j'y suis resté deux jours, dans les bois, après je suis reparti.

— Vous sentiez que cela tournait mal !

— C'était pour rejoindre le régiment.

— Vous ne pouviez plus faire autrement, la révolte avait échoué. C'était ça ou la désertion.

— Mon capitaine, je suis pas un déserteur ! Pourquoi vous en avez après moi ? Vous êtes mon défenseur ! Mon défenseur ! J'ai pas tué le lieutenant. Sainte Vierge, comment je dois le dire ? J'ai pas tué le lieutenant. Pas tué ! Jésus, Marie, Joseph. Au secours ! Au secours !

— Jonas.

— Au secours, mon capitaine !

— Jonas. Relevez-vous.

— Aidez-moi !

— Jonas, allons, vous êtes un homme…

— Aidez-moi !

— Jonas ! Je vous défendrai, mais je dois savoir… Mes questions sont celles que vous posera l'accusation. Et ce que je tire de vos réponses seront les conclusions qu'ils en tireront.

— …

— Jonas…

— Aidez-moi !

Zone du front, hôpital d'opération et d'évacuation

Pas mort.
Le vent réveille.
Le vent dans ma bouche.
La boue a séché sur ma langue.
Boire.
Y en a pas ici.
Boche, pas boire boche.
Maggi Kub.
Magie ?
M'en fous. Boire, pour faire partir la boue.
Elle a séché comme le sang séché.
Il coule, épais, des entailles.
Des entrailles.
Ohé, les copains !
Pas mort.
La faucheuse m'a pas eu.
Du crin, ses cheveux.
Sale.
Mal.
Pas rester là.
Maman.
J'ai mal.

Maman.
Trouve pas ma bouche.
Trou de bouche.
Vieille bouche.
Écrire mots, d'amour de mort.
Mordre...
Bouche. Sont où les dents ?
Dedans ?
J'ai mal.
Voudrais dormir...
Dormir...
Dormir...
...

Je ne peux pas ! Je ne peux pas !

Je-ne-peux-pas !

Bordel de nom de Dieu ! Que voulez-vous que je fasse ?

Et cessez de me regarder ainsi, ma sœur. Vous voyez bien qu'il est en bouillie. On ne sait même plus de quel côté le prendre.

Merde ! Suis chirurgien. Si on doit reconstituer des types à partir de rien, qu'on enrôle des archéologues. Peuvent pas exiger l'impossible. Personne.

Stop ! Pas la peine, vos yeux mouillés, votre cornette, ça ne marche pas avec moi. Je suis chirurgien ! Rien d'autre. Depuis soixante-douze heures, j'opère sans débander. J'ai tranché plus de viande qu'un équarrisseur. Je patauge dans le sang comme vos Hébreux dans la mer Rouge. Et c'est maintenant qu'on m'amène un type dans cet état ? Mais que voulez-vous recoudre ?

On veut nous faire rafistoler des hommes ! Voilà. Nous sommes les ravaudeurs de l'humanité.

Il a bouffé une grenade ? Beurk ! Ce n'est pas d'hier en plus. Il a déjà commencé à pourrir. D'où vient-il ?…

Où ça ? Brancardier ! Où l'avez-vous ramassé ? Hein ? Quelle baraque ? Je ne comprends rien à ce que vous dites. Les hangars à grains… À deux kilomètres… Oui, je vois, et alors ? Quoi ? Nom de Dieu ! Des blessés sont là-dedans depuis quatre jours ? Plus de mille ? Poussez-vous ! Giclez ! J'ai besoin de respirer.

…

Ma sœur, s'il vous plaît… Ce n'est pas le moment.

…

Suffit ma sœur. Oui, ça va !

Ça va, je vous répète !

Plus de mille. Quatre jours, dans un hangar… Sans soins… Fait quoi, votre bon Dieu ? Qu'est-ce…

Ah, cigarette. Oui, merci… Vous n'êtes pas rancunière. Pouvez me l'allumer ? Je crois que je tremble. Attention, avec l'amadou… Pas face au vent, vous allez cramer vos cils. Merci.

…

Fait du bien.

…

Sont longs.

Vos cils. Pour une frangine, ils sont longs… Rougissez pas.

…

Hé ! C'est quoi ce foutoir ?

Visez-moi cette pagaille. Personne ne commande la manœuvre ? Il y en a dans tous les sens. Qui monte au front ? Qui en redescend ? Pour un peu, on ne saurait plus.

Embouteillage de civières, vous n'auriez pas cru le voir, hein, ma sœur ? Mieux qu'à Lourdes.

…

Hé, toi ? Où tu te crois ? Dégage-moi ce bahut. T'occupe pas de la troupe ! Elle va s'écarter, la troupe. Bouge ! Et crie plus fort, on n'entend rien avec ce boucan ! Hein ?

Cinquante ? Bordel de Dieu !

Vous, là ! Vous êtes caporal. Eh bien, caporal, faites-moi décharger ce camion !

Vos ordres ? Je m'en contrefous ! Je suis major et je vous en donne un autre : videz ce camion. Ils sont cinquante à l'intérieur. Cinquante morts si vous ne vous magnez pas le train. Alors, au galop !

Caporal, prenez des planches, il n'y a plus un seul brancard !

Ho ! Ma sœur ! Vous y êtes ? Pas l'heure de rêver aux anges ! On y retourne.

Hé ! Attention aux chevaux. Chaud devant !

Laudanum, scalpel, compresses…

Paris, deux mois plus tôt

Sur le boulevard de Magenta, la file s'étire. Des femmes emmitouflées et des vieux tout en laine. Ils font un serpentin qui se tortille sur le trottoir pour se réchauffer. Depuis deux heures, un mille-pattes bat la semelle devant la charcuterie des Deux Gares. Quand elle ouvre ses grilles, il pousse un « aaahhh ! » impatient. La charcuterie des Deux Gares est une maison de confiance. C'est écrit sur la vitrine. Les conserves y sont fines, la sardine bretonne et le saucisson d'Arles. C'est une maison française. Ça aussi, c'est écrit. Le cochon a la couenne tricolore. La marchandise ennemie nous dégoûte. Encore une chose qu'on lit en devanture. La pancarte y est depuis le début de la guerre. Les charcutiers ont deux garçons. L'aîné est au front, le cadet fait ses classes. Ils ont aussi une fille. Dans la boutique, elle tranche du lard, la mine inquiète.

— Y en aura pas pour tout le monde.

Elle a eu beau chuchoter, son murmure court le long du mille-pattes comme sur un fil télégraphique.

— Ça fait deux heures que j'attends, c'est toujours la même chose.

— On prend nos hommes, maintenant on nous affame.

La colère sourd des pardessus en bouffées blanches.

— Pendant qu'on danse devant le buffet, c'est la java des étiquettes.

— Neuf francs le kilo de bœuf, je gagne pas ça en deux jours.

Derrière son comptoir, la petite charcutière se mord les lèvres. Elle voudrait éloigner le nuage au-dessus de sa tête. Mais elle est écarlate. Le rouge lui est venu dans une envie de sanglots. Elle se sent maladroite, disgracieuse, coupable. C'est une souris qui cherche un trou pour s'y cacher. Du regard, elle appelle au secours. Sa mère l'écarte :

— Allons, mesdames, on est toutes logées à la même enseigne. Pensons à nos soldats. Se quereller entre Français n'est pas les soutenir.

— Des Français, y en a qui se la coulent douce.

La réplique est partie d'une commère en bibi. Les autres approuvent de la tête et du geste. Elle l'a pas envoyé dire. Il est temps que tout ça cesse.

— J'en connais qui s'en font pas.

— Ma sœur est concierge à Montparnasse. La viande, là-bas, il y en a. La viande saoule, surtout. Pas de pénurie de boîtes de nuit. Une honte.

— Le saindoux, ils s'en foutent. Ils tartinent du foie gras.

Le tintouin a démarré comme un feu de broussailles. C'est la révolution qu'il faudrait. Les coquins, les copains, à la Seine ! Et les Allemands qui sont tout près… Cinquante kilomètres… Qu'on prenne les canons, comme en 71, puisque les généraux ne nous défendent plus.

Le charcutier est sorti de son saloir. Il tient son grand couteau entre ses doigts gercés. Si ça monte d'un cran, sa boutique va faire long feu. Il revoit la crémerie Maggi, rue Cluzel, réduite en cendres un jour de colère. Et celle de la rue Rochechouart. Il avait suffi qu'une vieille brise la vitrine à coups de parapluie. « À mort les Boches ! », elle avait crié, sous son fichu noir qui lui donnait des airs de corbeau. En quelques minutes, ils étaient plus de cent à lui prêter main-forte. Personne ne savait pourquoi, mais chacun avait son mot à dire. C'était les réclames qui renseignaient l'ennemi, la plaque émaillée, sur la devanture, truffée de messages codés. Et le patron, un Boche. Il avait cherché à fuir avec quarante millions dans une valise. La rumeur gonflait comme un abcès. Que Julius Maggi soit italien, autant dire un allié, et naturalisé Suisse, ils n'allaient pas s'arrêter pour si peu. Il était bien capable d'égorger des enfants pour en faire du bouillon.

Boulevard de Magenta, Edmée Salmon, charcutier des Deux Gares, a des raisons de s'inquiéter. Plus encore, il en a gros sur le cœur. Il pense à ses fils. Aux colis qu'il leur envoie. Des pâtés, de la caillette, du jambon fumé. Il les enveloppe dans un papier sulfurisé. On y voit, comme une icône, l'image rose de la boutique. Ils sont tout à coup si dérisoires, ses petits paquets où il met son cœur dans la salaison.

Dans la rue, la silhouette bleue d'un permissionnaire s'est profilée.

— Soldat ! crie le charcutier, d'une voix mal assurée.

Le poilu saura, lui, qu'un homme dont les fils sont au front n'est pas un profiteur.

— Soldat !

Le fantassin s'est arrêté. Il scrute la droite, la gauche, l'air soucieux.

— Soldat !

C'est bien lui qu'on hèle. Il fait demi-tour, pressant le pas.

Comme un noyé qui voit s'éloigner la chaloupe, le charcutier lance un dernier appel. Le poilu a pris ses jambes à son cou. Une matrone à cabas en reste interdite.

— Non mais, regardez !

La colère est un vent mauvais que la fuite d'un conscrit vient de faire tourner.

— S'ils courent aussi vite devant les Boches, on est bien protégés…

— Faut plus s'étonner que les zeppelins nous bombardent.

— Déserteur !

Le cri lancé, ils se regardent. Étonnés de leur audace. Déserteur… C'est lourd de sens. Comme une pierre jetée. Une accusation pareille, on ne l'arrête plus. Déserteur… C'est dit. Quand on décampe ainsi, on n'a pas la conscience tranquille.

— J'en reviens pas !

— Vous l'avez vu ?

— Je ne suis pas près de l'oublier.

— S'enfuir pareillement…

— Vous trouvez ça normal ?

— Dame, un déserteur…

— Pas si vite… En êtes-vous certaine ?

— Que voulez-vous dire ?

— Sa tenue, vous avez remarqué sa tenue…

— C'est que… Oui, bien sûr, mais encore ?

— Pas très catholique…

— C'est donc ça qui m'avait attiré l'œil.

— À vous aussi ?

— Sa capote.

— Sa capote ? Je vous parle de son casque. Vous avez vu son casque ?

— …

— Propre comme un sou neuf… Un casque pareil n'a jamais vu le front.

— Mon Dieu !

— Et ses pantalons…

— Propres aussi…

— Non, ça on peut pas dire. Mais pas à lui, j'en mettrais ma main au feu..

— Pas à lui ?

— Bien trop grands. Il les aura enfilés au petit bonheur…

— … Pensant qu'on n'y verrait goutte…

— Les Boches sont sournois mais ça reste des Boches. La finesse et eux…

— Faut pas demander à leurs espions d'avoir inventé l'eau chaude.

Tout ça, ils le diront au commissariat. Ils s'y rendront en délégation. L'inspecteur de quart enregistrera leurs déclarations. Il y apposera le tampon réglementaire. Après les avoir remerciés, il leur conseillera de rentrer chez eux. La porte refermée, en posant les formulaires sur ceux qui s'empilent, il soupirera :

— Et dix de plus !

Il les ressortira plus tard. Un mardi. Après que M. Paul, garçon de café à la brasserie L'Arrivée et mouchard patenté, aura fait son rapport hebdomadaire. La veille, dans un pavillon gris de la rue du Lavoir, on aura découvert le corps sans vie d'une femme assassinée depuis plusieurs jours. Sauvagement, écriront les journaux interrogeant le serrurier horrifié. Le rapport du médecin légiste fera état de douze coups de couteau. L'agent de service parlera d'un « flot de sang couvrant le lit défait, la carpette et le parquet ».

Dans la chambre qui donne sur la cour, la police découvrira un numéro de *La Vie parisienne*, le magazine spécialisé dans les petites annonces de poilus qui cherchent une marraine de guerre. Elle trouvera aussi la lettre d'un soldat du 334e régiment d'infanterie. Elle est signée Antoine Jonas.

C'est la raison pour laquelle, ce mardi, au poste de police de la rue Lebailly, l'inspecteur de quart ressortira les déclarations relatives à la charcuterie des Deux Gares. Le numéro relevé sur le col de l'espion est très exactement celui du régiment auquel appartient le dénommé Jonas. Ce même numéro qu'a repéré M. Paul sur l'uniforme de son étrange client.

L'inspecteur pensera qu'il lui faudrait acheter un billet de loterie. Ce mardi est son jour de chance.

Zone du front, ferme de Maisonvieille

Le soldat est assis dans un fauteuil bancal appuyé contre un muret. Les yeux clos, il semble dormir. À ses pieds, le sol est jonché d'objets éparpillés, de débris et de linge. Dans une mare, un édredon éventré figure un îlot de plumes. Plus loin, un moulin à café, tiroir béant. On dirait qu'il bâille, comme un homme au réveil. Un oreiller gorgé de pluie, un vase de nuit et son œil peint à l'intérieur, un broc fendu. Ce sont des restants d'aube, arrêtée à cinq heures, comme la pendule brisée. Quand l'obus est tombé, la maison dormait encore. Après le pilonnage des premières lignes, les batteries allemandes allongeaient le tir. Du lourd qui pleuvait comme un pan de ciel de fonte et d'acier. Dans le village vide d'habitants, les hommes dormaient, lourds aussi, de toute leur fatigue. Ils étaient cent dans la grange qui finit de brûler. Enchevêtrés, affalés dans la paille humide. Bouche ouverte sous les ronflements qui montaient d'eux comme un trop-plein.

La mort les a surpris là. Inconscients. Confondus. Une seconde les a jetés d'un noir à l'autre. Du sommeil à l'oubli.

Les survivants sont restés, ne sachant où aller. Le cadavre de leur lieutenant gît sous les gravats. Il leur reste un sergent hébété. Privés d'ordres, ils attendent. Deux hommes sont partis aux nouvelles. Voilà toute une journée qu'ils sont partis.

Quand vous arrivez, ils sont deux à vous observer sans mot dire. Le troisième est celui-là qui semble dormir. Il vient de loin. Son uniforme n'a plus d'autre couleur que la terre. Il a allongé les jambes dans une posture presque élégante. Mains jointes sur le ventre, les coudes posés sur les bras du fauteuil.

Il a parcouru un si long chemin que vous hésitez à le réveiller. Peut-être rêve-t-il aux grandes plaines de la Haute-Volta qu'il a quittées pour défendre la mère patrie.

Il a voyagé si loin, si longtemps. Une deux, une deux, gauche droite, arme sur l'épaule. Baïonnette au canon. À force d'exercices, il a oublié la colère des villages et les sagaies lancées sur les fusils des recruteurs. Le soldat noir vaut le soldat blanc. Après, peut-être, les droits viendront. D'ici là, il ne flanchera pas. Il a marché des lieues entières, les godillots aux pieds. Il a dormi dans la neige. La neige ! Si blanche, si froide qu'elle traverse la chair comme une lance invisible. Il a grelotté d'une fièvre différente de celles qu'il connaissait. Il a ri en voyant les Français manger du singe dans des boîtes en métal. « Contre nous de la tyrannie, l'étendard sanglant est levé », il n'a pas reculé dans les boues de la Somme. Il n'a pas flanché sur le Chemin des Dames, à peine étonné qu'on ait baptisé l'enfer d'un nom si doux. Il a grimpé sur tant de monts, le fusil en pogne, les grenades dans la gibecière battant ses flancs. Il a parcouru tant de boyaux, escaladé tant de parapets, nettoyé tant de tranchées. Vous pouvez le laisser dormir un instant encore, un rayon de pâle soleil sur la joue. Tout à l'heure, il se réveillera. Il vous parlera du soldat Jonas et de l'attaque de l'Entrepont. La butte tenue sous son fusil-mitrailleur et les copains derrière qui se replient. Jonas le ramenant, blessé, sur son dos.

Pour le moment, dans le fauteuil bancal, il dort. À son côté, un soldat bourre sa pipe.

— Tu viens de Couvigny ? il demande.

De la tête vous désignez le poilu endormi.

— Non, je suis de la 5e, je cherche Eustache Semba.

— Ben tu l'as trouvé. T'as pas croisé deux types en route ?

Vous pensez aux cadavres aperçus en lisière du bois.

— Je sais pas.

— Tu sais pas ?

Sa pipe tire mal. Il la tapote contre sa semelle :

— Ils sont partis en éclaireurs. Les lignes ont bougé, on peut pas rejoindre sans savoir si on va pas se fourrer chez les Boches…

Il s'arrête pour curer le fourneau de sa pipe :

— Saleté de perlot, il est trempé.

Vous lui tendez le vôtre :

— Tiens, il est à peu près sec.

Il vous remercie du regard.

— Tu lui veux quoi, à Semba ? il demande par-dessus son briquet.

— Lui causer d'un de ses copains qui s'est fourré dans le pétrin.

— T'es qui ?

— Je m'appelle Bohman, le type en question va passer au conseil, j'assiste le pitaine qui le défend. Semba peut peut-être l'aider.

— Pour ça faudrait que tu le réveilles. Il parle jamais en dormant.

Un peu plus loin, la grange achève de se consumer. L'odeur de chair cramée vous soulève le cœur mais vous n'en laisserez rien paraître. Ce serait une offense à ceux dont les corps noircissent à l'intérieur.

— Eustache ! fait le soldat à la pipe. T'as de la visite !

Eustache n'a pas bronché. L'autre lui flanque un coup de coude.

— Eustache !

Eustache Semba ne répondra pas. Sa tête a basculé sur le côté comme celle d'un enfant rêveur. Il est rentré au pays. Les tambours sonnent le retour du guerrier. Il peut s'asseoir sous l'arbre à palabres, les anciens l'attendent.

Son casque a glissé. À présent vous pouvez voir le minuscule éclat d'obus, planté dans sa tempe droite.

Déposition du sieur Croisard, Émile, bijoutier à Chézy

(recueillie par les gendarmes Rousson et Gabord le 24 avril 1917)

Ils étaient deux. Dès qu'ils sont entrés, je me suis méfié. Dans mon métier, mieux vaut avoir l'œil. On nous propose souvent de racheter des bijoux d'occasion. Neuf fois sur dix, cela émane de clients honnêtes. La dixième, hélas, ce sera un malandrin.

Ce sont les femmes qui d'ordinaire nous sollicitent. Les bijoux qu'elles vendent leur ont été donnés par leur mère ou légués par une aïeule. Les aléas de la vie, un revers de fortune les pousse à une démarche qu'elles accomplissent réduites aux dernières extrémités. Leur décision est un crève-cœur. Parmi elles, il peut bien sûr se cacher une professionnelle. Voleuse ou rabatteuse d'un quelconque gredin qui l'enverra négocier son larcin parce qu'on se méfie moins d'une personne du sexe. Mais je ne vous apprends rien en vous disant que les aigrefins ont leur receleur. Ils s'adressent rarement aux maisons recommandables. Quant aux soldats, cela ne m'était encore jamais arrivé. Bien sûr, parmi nos braves poilus peut se glisser une canaille comme il s'en glisse dans la masse des honnêtes gens. De la canaille, ces deux-là en étaient, croyez-moi. Et pas des plus malins. On imagine mal un soldat emporter au front ses bijoux de famille. Et quand bien même, leur histoire sentait la combine à plein nez. La tante de l'un d'eux, habitant la région, l'aurait chargé de négocier son collier, seul bien qui lui restait après le bombardement de sa maison. Il répétait à l'envi qu'elle n'avait plus rien. Je lui ai demandé pourquoi elle ne venait pas elle-même, il m'a répondu qu'elle était sous le choc, qu'elle gardait la chambre chez des voisins. Il m'a donné un nom de village au hasard, parmi ceux que son régiment aura traversés. Je me suis enquis du lieu, que je connais par ailleurs fort bien. Il s'est embrouillé. Il a prétendu ignorer le nom des hôtes de sa tante qu'il s'obstinait à appeler Jeanne.

— Jeanne comment, avez-vous dit ? l'ai-je interrogé.

Il m'a lâché le premier patronyme qui lui venait à l'esprit. Je ne connais pas tous les habitants de la région, mais je serais fort surpris qu'il existât la moindre Scup au village de Fleuron. Par contre, il y en a une dans ma boutique. Regardez, derrière moi, la réclame. Montres Scup. Ce nigaud n'avait rien trouvé de mieux que le premier nom tombé sous ses yeux. Je lui ai demandé de me confier le collier, prétextant qu'un peu de temps m'était nécessaire pour l'expertiser avec soin. Il a bien sûr refusé.

— Notre régiment repart, il a prétendu. Il faudrait que j'aie remis l'argent à ma tante avant.

L'autre ne cessait d'observer la rue par la vitrine. Un instant, j'ai craint qu'ils tentent une action désespérée. Je ne sais s'ils l'auraient commise, mais ils paraissaient nerveux.

— Pet ! a lancé celui qui faisait le guet.

L'autre m'a arraché le collier des mains et ils ont décampé sans demander leur reste. Quelques secondes plus tard, vous passiez.

Je ne saurais les décrire, sous l'uniforme et la fatigue des combats, nos poilus ont un air de ressemblance. J'ai surtout vu celui qui tentait de monnayer le collier. Plutôt maigre, brun, le regard fuyant. Que dire d'autre ? Sur son apparence, j'ai peur de vous être d'un piètre secours. En revanche, il appartient au 334e régiment d'infanterie. Du moins, c'est le numéro que j'ai pu lire sur son col.

Chère Louise,

Le croirez-vous, notre Bohman est un sybarite. Je l'ai surpris hier, plongé dans une revue suggestive. Il était si absorbé qu'il ne m'avait pas entendu entrer. Sa gêne, lorsqu'il s'est rendu compte de ma présence, était si comique que j'ai failli éclater de rire.

La Vie parisienne, le drôle était plongé dans *La Vie parisienne*. Cet hebdomadaire pour le moins spécial ne vous est évidemment pas familier. Je ne vous en recommanderais pas la lecture. Mais que diable, nous sommes gens avertis. Et la guerre fait rage. Que les ligues de vertu rougissent si elles n'ont mieux à faire. Nos soldats n'en auront pas moins le droit de chercher un exutoire dans les pages d'un journal licencieux. Qu'importe si leurs chimères sentent le frelaté. Leur parfum vaut bien celui du sang.

À qui la faute si *La Vie parisienne* est plus lue ici que bien des journaux de l'arrière ? Pour avoir cru qu'accomplir leur devoir était de soutenir le moral des troupes et celui de la nation, ils ont failli à leur mission. Informer, même et surtout quand le pays est en guerre. Un rédacteur mobilisé est sur le front. Un plumitif, dans son bureau, abreuvé d'encre tricolore, ne sera jamais qu'un journaliste enrégimenté. La publication, à longueur de pages, de communiqués ronflants, n'aura provoqué d'autre sentiment chez nos soldats que celui d'être trompés. La parution, à grand renfort de colonnes, de ces lettres de poilus prétendument authentiques où le patriotisme le dispute au ridicule n'aura fait qu'aviver le mal. Il est terrible pour un homme privé des siens et qui risque sa vie de penser qu'on lui ment. Beaucoup en sont venus à douter de tout ce qui vient de l'arrière. Le retard dans le courrier d'une épouse, un mot un peu trop froid, une anecdote trop insistante sont devenus des sujets de tourments obsédants.

Le cafard a pris possession des tranchées. Il y fait plus de ravages que les rats et se montre plus coriace encore.

Mais je déroge à la petite règle que nous nous sommes fixée sans vraiment nous le dire : être léger quand l'époque a la lourdeur des canons. Je reviens donc à notre Bohman.

Quand il s'est aperçu de ma présence, il a jeté à la hâte quelque document sur sa *Vie parisienne*. Après quoi, d'une voix trop détachée, il s'est enquis de ma santé. Ma santé ! Fallait-il qu'il ait la tête ailleurs. Croyez-vous qu'entre soldats le sujet soit d'importance ? De subordonné à supérieur il m'a demandé tout de go comment j'allais, comme il aurait pris des nouvelles d'un camarade. L'incongruité de la question a accru son trouble. Il a bafouillé de vagues phrases sur l'état du front. Tout aussi bien, il aurait pu s'inquiéter du temps ou de l'ordinaire. Il pataugeait dans sa confusion comme un canard dans sa mare. Il m'amusait tant que j'ai pris garde de ne lui tendre aucune perche qu'il aurait pu saisir pour en sortir. Lorsqu'il a eu bien barboté, j'ai soulevé négligemment le document qui cachait — mal — son journal.

Tiens, ai-je dit, feignant l'ignorance, qu'est-ce donc ?

Son visage a pris la couleur garance des pantalons que nous portions avant qu'on nous en attribue de moins voyants.

À nouveau, il a bredouillé une réponse quelconque. Il avait ramassé la revue dans un boyau et il la feuilletait par curiosité, sans savoir ce qu'elle contenait.

Je lui ai fait observer que la couverture, pour le moins imagée, écartait d'emblée une publication philosophique. J'ai poursuivi le jeu en tournant les pages.

Il avait marqué celle des petites annonces que les poilus rédigent pour trouver certaines marraines de guerre qu'ils espèrent très amicales. Des poilus célibataires, cela s'entend !

— Vous cherchez une marraine, lui ai-je dit. Celles qui répondent au courrier de cette *Vie parisienne* ne conviennent pas à votre quête. Laissez-moi plutôt vous mettre en rapport avec quelque bonne œuvre qui vous dispensera le soutien moral qu'un soldat peut attendre. J'ai des connaissances à l'Association des dames françaises, voulez-vous que je les sollicite ?

Il m'a juré ses grands dieux qu'il ne s'enquérait d'aucune marraine, mais que le cas échéant il n'hésiterait pas à m'en faire part. Après quoi, il m'a remercié comme un condamné doit remercier le bourreau qui lui propose une dernière cigarette. Et il s'est empressé d'envoyer son journal dans la corbeille à papier.

Voulez-vous savoir le plus beau ? Il n'y était plus quand je suis retourné dans la cagna après son départ.

Chère Louise, je dois interrompre mon récit. Les lignes allemandes s'essaient à la canonnade. Mais ne craignez rien. Comme l'écrit *Le Petit Parisien* en publiant une de ces lettres si édifiantes qu'elle ne saurait — bien sûr — émaner que d'un poilu : *« L'ouragan d'acier passe sur nos têtes sans nous émouvoir. C'est féerique. »*

Je vous embrasse tendrement.

Zone du front, cantonnement de Villemoye, deux mois plus tôt

Le dessin s'étale, comme le sang, à la une du *Petit Journal*. La femme a les yeux révulsés. Son corps désarticulé gît sur le sol. Un ruisseau rouge coule du lit où elle s'est débattue. Sa jambe gauche est entortillée dans les draps qui lui font une traîne de mariée sanglante. Ses cheveux blancs dénoués flottent sur les épaules décharnées que la chemise de nuit découvre. Elle agonise.

D'une main elle tente encore de parer les coups de son assassin. Mais il est trop tard. L'ombre qui lève son couteau pourrait retenir son geste, elle serait déjà morte.

La chambre est sens dessus dessous. Une lettre s'est échappée de la table de nuit renversée. On ne peut la déchiffrer. Quand elle l'écrivait, son meurtrier n'était encore que son filleul de guerre. Petit bonheur d'une annonce dans le journal. Elle lui disait ce qu'une femme dit à un soldat sur le front. Elle avait évité avec soin les mots ronflants, ils ne conviennent plus en cette année 17. C'est de tendresse que les hommes ont besoin. Elle le savait. Alors, elle avait choisi des mots tendres. Et peut-être un peu plus. Elle ne se souvenait plus quand cela avait commencé. C'était venu au fil du temps, et des lettres. Les premières étaient pleines de ces petits conseils qui sont de la chaleur humaine. Des cache-nez contre le froid, des gants de laine et des pilules d'espoir. Doucement, le ton avait changé. Elle avait retrouvé des battements de cœur oubliés. Ils la prenaient le soir, en relisant ses pages. Elle s'était mise à les attendre. « Je suis folle », elle pensait en peignant ses cheveux blancs devant son miroir.

L'inquiétude lui venait avec la rage d'être vieille. Alors elle écrivait de longues phrases sages. Il s'inquiétait de leur froideur. De nouveau, les battements de cœur.

La lettre, sur la couverture du *Petit Journal*, on ne peut pas la déchiffrer, mais c'est ce qu'il y a dedans. Le soldat le sait qui regarde, fasciné, le dessin à la une. La femme est là, baignant dans son sang, avec les coups du couteau qui la perce comme une outre. Et son vieux ventre laisse couler la vie comme un filet d'eau noire.

Quand il l'a frappée, elle a hurlé. Mais l'oreiller sur sa bouche, c'était aussi pour ne plus la voir. « Vieille peau », il a sifflé entre ses dents. « T'as fini de te foutre de ma gueule. T'as fini », il disait en frappant. Et plus il frappait, plus elle était vieille.

Un masque tombé au bal du rat mort, un squelette au crâne fleuri. « Tu m'auras pas ! » il a crié en la saignant. La faucheuse avait moissonné les copains, et maintenant elle faisait la retape. Une goule de trottoir. Sa bouche édentée voulait boire la sienne… Il fallait que ça s'arrête.

Sur la table, il y avait *La Vie parisienne*. Les annonces, à l'intérieur, comme des pieds de nez à la guerre. « Jolie marraine, venez au secours d'un poilu », « Écrivez-moi, vos missives seront mon soleil ».

Les gars, ça y est, j'ai un ticket !

Du mensonge, de la réclame. Comme celle des pastilles Pink qui refont du sang neuf aux blessés ou le gilet Paraballe du docteur Lacrotte.

Dans l'âme du soldat est venu un grand vide. Une mer sombre, pareille à celle qui l'engloutit après l'amour. Et ce dégoût n'est rien d'autre que sa lassitude.

J'ai fait ça ? il pense. Et il regarde ses mains.

Dehors passent les silhouettes grises d'un troupeau qu'on rassemble. Il y a des épaules basses, des pas lourds et de gros silences. C'est une grande fatigue qui défile. Mais le soldat ne voit que ses mains, comme deux bêtes mortes.

J'ai fait ça ? il pense, tandis qu'au loin un convoi avale les hommes avec un hurlement de vapeur.

Zone du front, hôpital d'opération et d'évacuation

Vivant, encore... Sommeil, encore...
Je dors, la nuit est noire.
Il y a du bruit autour. Loin, un peu. J'entends loin.
C'est confus...
Le bruit est dans ma tête.
Moteur qui tourne, loco qui siffle... Lointain.
Un train ?
Mal. J'ai grand mal.
Le train s'en va... M'emporte.
Si je pars avec lui, aurai moins mal.
Partir...
Dormir dans le train... Partir...
Loin du mal.
Boire, soif...
Bouche sèche.
Et l'air dedans...
Ridée bouche...
C'est des sillons arides
Sous les tuyaux d'arrosage.
Arroseur arrosé.
Coule du sable dans le tuyau...
Et de l'air, froid.

J'ai froid dans la bouche.

Et mal.

Prendre le train. Loin...

Loin...

Dormir...

Bercé, loin...

Loin...

...

Ma sœur, renvoyez-lui une giclée de morphine !

Scalpel !

Là, qu'est-ce que c'est ? Un fragment de maxillaire ? Vous êtes certaine ? À cet endroit ?

Bordel, que peut-on faire avec ça ? Demandez donc à votre bon Dieu pourquoi il l'a mis dans cet état.

Poussez-vous !

Pour nous voir tenter de réparer la casse ? Il joue avec nous ? C'est un bon Dieu rigolo ! Badin, il aime la pâte à modeler...

Trocart !

Merde, on le perd. Ventilez ! Ventilez !

Quoi, plus de bouche ? Passez par le trou. Envapé comme il est, il ne sentira pas plus. Mais ventilez, bordel !

Injection, le cœur va lâcher.

Serait dommage. Faut qu'il vive. Pas vrai, ma sœur ? Qu'il porte sa croix. À chaque instant. Sur sa figure.

Sa figure... C'est une terre glaise.

Mandrin !

Trachéal, nom d'un foutre ! Pas celui-là, le trachéal, là ! Il faut tout vous dire.

Pourquoi s'en est-on occupé ? Pourquoi lui ? Il y en avait des récupérables. On perd notre temps et on loupe les autres. Pourquoi l'a-t-on pris ?

Tamponnez, je n'y vois rien…

Le plus joli, c'est que si on le récupère, il passera le reste de sa vie à nous maudire.

Une gueule de cauchemar, un fantôme d'hôpital que personne n'osera regarder.

Vos patenôtres n'y feront rien, ma sœur, vous baisserez les yeux. Comme tout le monde. Il est cuit, foutu, il ne sortira plus de sa nuit.

Grattoir !

Nettoyez ! Suis chirurgien, pas charcutier !

Son cœur bat. Sentez comme il bat. Nom de Dieu, son cœur ne veut pas lâcher. Il fait du morse dans sa poitrine.

Tiptiptip

Tip-tip-tip

Tiptiptip

SOS

Save our souls, ma sœur. Ça vous parle ? Moi c'est des vies que j'essaie de sauver. Le reste, je m'en tape. Pas mes oignons. Des vies !

Bistouri !

Comprimez la carotide, que je la voie palpiter. S'agit pas de la sectionner. Voyez un peu qu'il calanche ! Serait dommage, hein ? Avec sa gueule d'amour. Il foutrait la frousse à tous vos saints, là-haut. Le trouillomètre au paradis. Ah ! Le beau scandale ! Un démon dans les verts pâturages ! Qui l'a laissé entrer ? Au rapport, saint Pierre !

Quoi ?

Bu ?

Moi ?

Évidemment j'ai bu.

Devriez en faire autant. Du vin de messe, si vous voulez. L'aumônier en a d'excellent.

Hein ?

Ah oui, le bistouri.

Merci.

Vous faites attention à tout, vous. Pas vrai ?

Merde ! Il convulse !

Tenez-le !

Oui, comme ça. À bras-le-corps !

Foutue poigne, ma sœur. Foutue poigne.

On ne va pas laisser le diable nous le piquer. Il est à nous, celui-là. Chopez-le ! Satan lui tire les pieds. Tenez bon, ma sœur. Voyez son cœur, il nous parle.

SOS !

Tiens le coup, mon gars, on est là !

Les maîtres de la science ! Frangine, on est les maîtres de la science. Vous vous souvenez ? C'est le moment de le montrer.

Tiens le coup, petit.

Tiens le coup !

Ventilez, ma sœur !

Oui ! Allez !

Zone du front, tranchée des premières lignes

Le bourdonnement est à peine plus sonore que celui d'un frelon. Mais depuis longtemps, il n'y a plus de frelons. Seuls survivent les rats, les vers et les poux. Les hommes eux-mêmes qui pataugent dans les boyaux ne savent plus s'ils sont encore vivants.

C'est l'heure du rata. La roulante dégage des relents de barbaque et de chou rance. Un peu plus tôt, le même fumet montait de la tranchée allemande.

— *Guten Appetit !*

Le souhait est venu de là. Fritz ou Otto. Le cul dans la gadoue, il touille la même tambouille. Dans la même gamelle. Il n'a pas eu besoin d'élever la voix pour qu'elle porte dans le camp français.

Le gros Marcel lève le nez de son écuelle :

— Tu parles, Karl, j'espère que c'est meilleur chez vous !

— Mélieur ?

— *Ja !* Ici, rata dégueulasse.

— *Ach*, dé-gueu-lass, pas bon.

— Tu l'as dit bouffi.

— Dégueulass pareil.

Par-dessus le bruit des écuelles, la froidure donne aux voix un écho familier. En fermant les yeux, on y est. C'est le Bouillon Chartier, rue du Faubourg-Montmartre, avec sa porte à tambour et sa batterie de loufiats. « Une tête de veau, une ! Un museau vinaigrette, un pied paquet ! » C'est le Cheval Blanc à Crèvecœur-en-Auge, avec son andouillette pommes purée et la serveuse aux joues comme deux bonbons. C'est le chez-soi quand la bourgeoise mitonne, ses hanches à portée de mains qui ondulent sous la robe. Il y a tout ça quand on ferme les yeux. Et on ne devrait pas, parce que le regret vous vient dans l'odeur de la soupe. Le quignon qu'on y fait tremper, c'est du pain de guerre. De la bouffe à biffins. Et depuis le temps, on n'est plus rien d'autre.

— *Nachspeise !*

Enveloppé de papier journal, un paquet atterrit dans la tranchée. En le ramassant, Marcel hausse les épaules. Un haussement furtif comme pour signifier qu'il ne fallait pas mais qu'on est content tout de même. On a ce mouvement-là quand le voisin qui vous rend visite apporte le mousseux. On va savourer du gentil plaisir. On dit « une petite douceur » en mimant des manières. Et le bouchon qui saute, et le pétillement des bulles font que tout le reste attendra.

Le paquet est maculé de boue. Marcel l'essuie contre son pantalon. Sur le papier journal, l'encre a coulé. Les caractères gothiques bavent comme une peinture à l'école. À l'intérieur, une tablette de chocolat. C'est du chocolat de ménage. Celui qu'on cuit pour la mousse. Dur à croquer. Amer. Il est bon.

— *Nachspeise. Gut !*

De l'autre côté, Otto, ou Fritz, voudrait savoir si son cadeau est arrivé à bon port. Il voudrait qu'on lui réponde, aussi. Parce qu'on peut pas se tirer dessus pour l'éternité. Demain on s'étripera. Ou tout à l'heure. Mais pour l'instant, rien n'a d'importance qu'une tablette de chocolat dans un papier journal.

Marcel a cassé un carré. Il passe le reste aux camarades. Ceux qui n'en auront pas le regardent diminuer avec de gros yeux mélancoliques.

Marcel a levé la tête hors de la tranchée.

— C'est du bon chocolat !

Les autres le tirent par la manche.

— T'es dingue.

— Tu vas te faire canarder.

Mais lui, il dit :

— C'est du bon chocolat !

Et il agite la main, comme on fait coucou à la vitre d'un train :

— Merci, les gars…

Maintenant, il a sorti le buste. Un mauvais tireur ne le raterait pas.

— Chocolat, *gut* ! Dankecheune, il continue.

En face, Otto, ou peut-être Fritz, est tête nue. Un pansement sale barre son front. Il est juché sur l'échelle d'assaut, la poitrine à découvert.

— *Kamerad !* il appelle avec un geste du bras qui est un grand bonjour.

Le gros Marcel fouille dans sa vareuse :

— Attends…

Le paquet de gris est intact. On vient de toucher les rations :

— Tabac français !

C'est à peine si Marcel le lance tant la ligne allemande est proche. On entend le tabac toucher le sol, et les voix des soldats, bien distinctes. Les soldats boches. Ils parlent comme on les imite et ça fait rire, mais ce ne sont pas des moqueries. C'est ce rire un peu nerveux des enfants à Noël.

Fritz est redescendu.

— *Kameraden !* il crie.

Et les mêmes rires sous d'autres accents.

Les poilus se sont levés :

— Merde, faut voir ça, les gars, faut voir ça !

— C'est à pas y croire.

La nouvelle court dans le boyau embourbé qui relie les lignes. Maintenant, les gars de la 3e sont là. Au bord de la tranchée, leurs têtes ressemblent aux figures de fête foraine en carton bouilli. Il suffirait d'une rafale pour décrocher le gros lot. Mais le gros lot, c'est du Scaferlati.

— Cé du pon !

Fritz est remonté, pipe au bec.

— Tabak franzaize, cé du pon ! il rigole.

Sa pipe est de celles qu'on imagine dans les tavernes à bière. Le tuyau long et fin, un couvercle ouvragé sur le fourneau. Une pipe comme celle-là se fume en paix.

À présent, ils sont deux, debout sur le parapet. Le second agite son bidon.

— Schnaps, il fait, schnaps.

Les poilus cherchent leur quart. Ils n'en auront pas le temps. La grêle allemande s'abat dans la tranchée. Un bleuet s'est jeté à plat ventre.

— Des grenades !

Le nez dans l'eau croupie, il attend l'explosion. Une poigne d'acier le harponne. Les yeux fermés, il dit « maman ». Mais la main de fer l'a redressé. Maintenant on lui botte les fesses. Autour, c'est de la rigolade qui pleut.

— Ouvre les yeux, couillon !

Le bleuet obéit. Jean, dit Jeannot, dix-huit ans au jus, sa première montée en ligne.

Les anciens se tiennent les côtes.

— Elles sont en chocolat, tes grenades !

Les yeux écarquillés, le bleu regarde le ciel d'où tombe une pluie de tablettes. Les soldats du Kaiser lancent leurs friandises comme on jette les armes :

— Tabac français, chocolat allemand !

Là-haut, dans les nuages, le bourdonnement s'est éloigné. Au milieu des cirrus qui s'accrochent au cockpit comme des voiles de coton, le pilote a viré sur l'aile. Trop de purée, nulle envie de casser du bois. Le biplan rentre à la base. En atterrissant, l'aviateur maudira la météo qui l'a empêché d'accrocher un nouveau trophée à son palmarès. Les lignes ne seront pas grenadées aujourd'hui.

Dans le no man's land, Fritz et Marcel trinquent à la paix.

Paris, deux mois plus tôt

— Vous êtes tombé sur la tête ?

La salle de rédaction du *Crépuscule* bourdonnait comme une ruche, elle a plongé dans le silence. La Reine est en colère et les abeilles se taisent. La Reine, elle porte moustache et barbiche Empire. Elle porte aussi des lorgnons, un gilet tendu sur une panse replète et un ruban à la boutonnière. Elle règne depuis trente ans sur un petit peuple de rédacteurs, de correcteurs, de typographes, et répond au nom d'Onésime Demblache. On ne lui connaît pas d'autre passion que le journal. Son journal. Demblache Ier, dernier du nom, y a tout sacrifié. Sa vie passée comme l'encre sur le papier, il est désormais un vieux garçon. Sans femme ni maîtresse, son célibat et ses façons lui ont valu un sobriquet. La Reine. Un scribouillard le lui a accroché comme un poisson d'avril. Plaisanterie vacharde qui donne aux imbéciles l'illusion de l'esprit. Onésime Demblache, lui, n'en manque pas. Il sait et laisse dire. Il y trouve la jouissance supérieure du monarque que les caricatures enchantent secrètement. Que le peuple s'amuse. Mais qu'il ne se moque pas du journal, Son journal.

— Pouvez-vous expliquer ce torchon ?

Sous l'affront, Justin Berchoux, rédacteur à la rubrique des faits divers, a pris la teinte grenadine. C'est un sanguin. Il doit à sa tension artérielle une réforme obtenue auprès d'un major sensible au rappel d'une sordide affaire qu'il croyait oubliée.

— C'est l'article sur le crime de la rue du Lavoir, monsieur.

— « Nous sommes en mesure d'affirmer que l'ignoble assassin de l'héroïque marraine de guerre était un espion prussien. Pour perpétrer son crime atroce, le monstre n'avait pas hésité à revêtir l'uniforme français. Ajoutant à l'horreur de son geste la souillure du drapeau. » Vous reconnaissez votre prose…

— C'est la mienne…

— Vous en êtes fier ?

— Eh bien… je…

— Vous voulez saper le moral des troupes ?

— Saper ? Au contraire, monsieur, j'ai voulu donner à ce tragique fait divers un écho de réprobation patriotique qui…

— Il est fou. Messieurs, votre camarade est fou ! Mais qu'on apprenne qu'un tueur boche déguisé en poilu a assassiné une marraine de guerre et il ne s'en trouvera plus une seule pour adoucir la solitude de nos soldats.

— Je…

— Imaginez-vous l'état d'esprit du fantassin soudainement privé de la douce sollicitude d'une marraine ?

— Loin de moi l'idée…

— Pendant que vous y êtes, dites que le pinard de nos combattants est empoisonné…

— Mais…

— Que la Madelon est une Mata Hari.

— Que…

— Voulez-vous qu'on voie un Boche sous chaque calot français ? Cherchez-vous à semer le doute dans les tranchées, la zizanie dans la nation ? À ruiner l'unité du pays ?

— La zizanie ?

— Parfaitement, la zizanie ! Vous avez une heure pour refaire ce papier. Pas question de soldat assassin, fût-il allemand, vous m'entendez ? L'uniforme était français. Français ! Un uniforme français ne peut vêtir un criminel ! Estimez-vous heureux que j'aie arrêté votre article avant la censure. Et pas d'allusion à *La Vie parisienne*.

— Tous les poilus le lisent…

— Cela ne nous oblige pas à promouvoir ce torchon d'une quelconque façon. *Le Crépuscule* ne sera pas le rabatteur, fût-ce par votre aveuglement, d'une maison de rendez-vous.

— De rendez-vous…

— Ah non ! Ne vous faites pas plus ignorant que vous l'êtes. Et si vous l'êtes vraiment, changez de métier ! *La Vie parisienne* est née d'une officine passée de l'agence matrimoniale à l'organisation de rencontres que je n'ai nulle envie de commenter. L'heure tourne, l'imprimerie attend, il vous reste cinquante-cinq minutes pour rendre votre copie.

La sentence de la Reine est irrévocable. Ce soir, dans son lit, avant de trouver le sommeil, Justin

Berchoux revivra la scène en se lavant de l'affront. Drapé dans sa dignité, il dira l'honneur du journaliste, le combat pour la vérité, la liberté de la presse. Vaincue, la Reine s'inclinera. D'ici là, sous l'œil goguenard de ses camarades, Justin Berchoux aura refait son article comme un mauvais élève reprend un devoir bâclé. Il aura aussi décroché le téléphone pour y déverser sa bile selon le principe des vases communicants :

— Allô ! Paul ? Qu'est-ce que tu m'as vendu ? Ton histoire est impubliable. Elle ne vaut pas un fifrelin. Estime-toi heureux, je ne te réclame pas ceux que je t'ai versés en acompte…

— Comment ça, elle ne vaut rien ? Je la tiens des flics.

— Cette blague…

— Je te l'ai dit. Quand l'inspecteur est venu à la brasserie me cuisiner sur mon rapport, j'ai flairé le coup. Ce crétin est si prétentieux qu'il n'a pas résisté au plaisir de faire le paon. Il a lâché le morceau. Un espion a été repéré dans le quartier. Il portait l'uniforme du 334e de ligne. Le régiment du troufion dont on a trouvé la lettre. C'est du sûr et certain. Comme deux et deux font quatre.

— Garde ça pour tes additions. Impubliable, je te dis ! Anastasie est passée avec ses grands ciseaux.

— La censure ?

— Tout juste Auguste. Et n'essaie pas de vendre ta salade ailleurs, tu aurais l'armée sur le poil.

— L'armée ?

— Secret défense, mon vieux ! Secret défense !

Justin Berchoux a raccroché. Dans la cabine téléphonique de L'Arrivée, M. Paul, garçon de café et mouchard notoire, maudit son époque. Bientôt, cafarder sera difficile.

Le soir, après la fermeture, tandis qu'il soulage ses pieds dans une cuvette d'eau salée, un espoir lui viendra. Il s'essuiera au torchon à verres, prendra sa plus belle plume et couchera sur le papier un de ces petits mots à double sens dont il a le secret. Son courrier mettra cinq jours pour arriver sur le bureau de son destinataire. Un bien modeste bureau, dans un greffe improvisé, non loin du front. M. Paul ne se contente pas de vendre ses informations à la police et à la presse. À l'occasion, il les fourgue aussi à quelques enquêteurs privés. Les durillons n'empêchent pas les dents longues.

« Octave,

Si tu décroches une permission, passe me voir, j'ai sous le coude de quoi améliorer ta solde. Ton régiment abrite de drôles de zèbres et les marraines qu'on ouvre au couteau ne sont pas toutes d'Oléron.

Si on ne vous donne pas de perme, il y a sûrement un téléphone dans ton secteur.

Démasquer les espions, c'est le devoir des bons Français.

Tarde pas trop.

Paul »

Plus encore que la lettre, le numéro joint du *Petit Journal* plongera Octave Bohman dans la perplexité. Il lira l'article relatant l'ignoble assassinat d'une marraine de guerre. Il s'attardera sur la une où le crime s'étale. Puis il se dira que l'arrière est vraiment un autre monde si on s'y figure qu'un poilu n'a rien d'autre à faire que résoudre un rébus. En soupirant, il froissera le journal et le jettera dans la corbeille.

Quelques secondes plus tard, le cœur battant, il l'aura récupéré…

Le crime de la rue du Lavoir a eu lieu le 3 avril. Le jour même de la permission du soldat Jonas.

Bureau du colonel Mignot

— Duparc, il nous faut accélérer.

— Accélérer…

— L'affaire Jonas n'a que trop traîné.

— Traîné ? Je n'ai pas le sentiment…

— Les sentiments, voilà ce que nous ne pouvons plus nous permettre.

— …

— Affaire de civils, les sentiments. Et justement, les civils nous emmerdent.

— Je crains de ne pas comprendre.

— La police, mon cher, la police s'intéresse à Jonas.

— La police ?

— Eh oui, votre client aurait zigouillé une rombière à ce qu'il paraît.

— Jonas ?

— Évidemment, Jonas. Il n'y en a pas cinquante, heureusement. Figurez-vous que ces messieurs du Quai des Orfèvres le soupçonnent d'avoir poignardé une dénommée Amélie Fruchon, soixante-dix ans, rentière de son état. Et le plus beau : marraine de guerre !

— Mon colonel, je ne sais que dire… Ma surprise est telle… Mais pourquoi aurait-il… ?

— Oh, ça, pas besoin de chercher loin. L'argent ou la fesse.

— La… fesse ?

— Jonas aurait déniché la dame dans *La Vie parisienne*.

— À soixante-dix ans ?

— Je sais, Duparc, je sais. Mais que voulez-vous, on dit qu'il n'y a pas d'âge pour ça. Toujours est-il que la police a retrouvé chez elle une lettre de notre lascar. Ils correspondaient.

— Jonas ?

— Vous paraissez surpris…

— C'est que je l'imagine mal écrire.

— Pourquoi, il ne sait pas ?

— Si, bien sûr.

— Alors.

— Mais quand aurait-il pu… ? Il est ici… au front…

— Pas de permission ? Jamais ?

— Si, mais…

— Mais quoi ? Ne cherchez plus. Des témoins l'ont repéré dans le quartier le jour du crime. À deux reprises.

— Ils le connaissaient ?

— Parbleu, non ! Sa description et le numéro du régiment suffisent.

— À nouveau, vous me voyez stupéfait…

— Assassiner son lieutenant, zigouiller sa marraine de guerre après s'être fait la main sur son colonel… votre lascar s'est mis en tête de décimer l'armée.

— Vous évoquiez l'argent…

— Celui de la dame aurait disparu. Ainsi que ses bijoux. Et voyez-vous, j'ai justement sur mon bureau un rapport de gendarmerie. Le sieur Croisard Émile, bijoutier de son état, déclare que deux soldats du régiment ont tenté de lui vendre un collier volé.

— Deux soldats…

— Jonas nous dira qui est l'autre, mais la prévôté s'est fait souffler l'affaire. La femme Fruchon était cousine du préfet, les civils prennent la main, vous comprenez que le temps presse.

— Il me semble au contraire que l'enquête de police est de nature à retarder le procès.

— Voilà pourquoi il nous faut accélérer.

— Je ne suis pas certain de vous suivre.

— Vous voulez que les civelots nous retirent Jonas ? Si on les laisse faire, ils l'embarqueront. Ah, je la vois, leur enquête ! Ils vont se perdre en procédures. Décortiquer, vérifier, confronter notre zigoto aux témoins — il s'en trouvera bien un pour ne pas le reconnaître. Et bing ! Rebelote ! Je vous passe l'instruction. Le juge, le greffier… les déclarations en trois exemplaires — dont celui où manque le tampon et qui annule les autres. Bref, la procédure. En bout de course, l'avocat aura tout embrouillé… Je vous le dis, quand la guerre sera finie, Jonas se fera toujours du lard au chaud dans sa cellule.

— Qu'y pouvons-nous ?

— Mais tout, Duparc, tout ! C'est la discipline qui est en jeu, la cohésion des troupes.

— La cohésion…

— Cette guerre s'éternise, les hommes renâclent. L'insubordination… les mutineries… les fraternisations, même. La dernière en date a eu lieu dans le secteur. Je ne vous apprends rien, je pense. Nos soldats ont échangé de la nourriture avec l'ennemi. Ils ont fini par la manger ensemble… Il faut casser ça tout net. Pas un régiment n'est à l'abri. On commence par s'échanger du chocolat, on finit par zigouiller ses supérieurs. Qu'un tueur d'officier n'ait pas le sort qu'il mérite serait la porte ouverte à l'anarchie. Si la justice des civils s'en mêle, Jonas aura gagné son billet pour l'arrière. Ils seront plus d'un à vouloir l'imiter. Nous aurions tort de croire que nos rangs sont exempts de mauvais éléments. Il en est de l'armée comme de la société. Aucun fruit n'est à l'abri des vers. Et le ver du désordre, c'est à nous de l'écraser. Il n'y a qu'une manière : faire un exemple ! Et pour cela, il nous appartient de juger Jonas.

— Je n'ai pas fini de rassembler les éléments d'une défense équitable.

— Vous n'avez pas compris. Nous n'en sommes plus là. Ces messieurs de la police vont débarquer, un mandat d'amener dans la poche de leur grand manteau. Et nous serons Gros-Jean comme devant. Il ne nous restera qu'à regarder partir Jonas. Si cela se produisait, aucun officier ne pourrait plus tourner le dos à ses hommes sans craindre de recevoir un coup de baïonnette !

— Mon colonel, convoquer la cour martiale maintenant reviendrait à bâcler le dossier…

— Laissons les grands mots aux professionnels de l'indignation. Ce n'est pas Dreyfus que nous allons juger… D'ailleurs, quand on songe au résultat… Mais assez tergiversé. La cour se réunira lundi. J'ai tenu à vous avertir personnellement. Vous voyez, je tiens les droits de la défense en haute estime. Vous n'avez pas bouclé le dossier, soit, mais c'est tout comme, n'est-ce pas ?

— Mon colonel…

— Allons, pas de fausse modestie. Je vous connais, je sais votre valeur. Il manque trois points et deux virgules à votre plaidoirie ? Elle n'en sera pas moins brillante. Nous l'entendrons avec la plus grande attention.

— Je me permets de vous signifier mon désaccord avec votre décision, mon colonel.

— C'est votre droit, capitaine. Mais comme vous l'avez rappelé, c'est ma décision.

— Mon colonel, je me dois de vous informer que je ferai valoir mes objections auprès du haut commandement.

— Elles prendront la voie hiérarchique. Je les attends donc sur mon bureau. À présent, Duparc, rompez.

Zone du front, tranchée des premières lignes

La sape. C'est la sape. Depuis deux jours, elle cogne comme un cœur malade. Elle a démarré en sourdine. Des *boum-boum* étouffés, loin en dessous. Ils font une résonance diffuse. Nul n'y prête attention, noyée dans les bruits alentour. Le va-et-vient, les fusils qu'on manipule, les bidons, les fardeaux transbahutés, une pioche dans le boyau, un casque heurté.

— Tu peux pas regarder, t'as failli m'assommer !

Les voix, aussi, et tout ce qui remonte du dedans. Du fond de la gorge et des poumons. Les raclements, les toux, les crachats. De ce qui vient de plus loin encore. Les gros pets fusant des intestins travaillés par la gamelle.

— Encore des fayots ! On va finir gonflés comme des zeppelins.

— C'est pour faire des gaz asphyxiants, les gars. Les Boches s'en remettront pas !

— En attendant, c'est nous qu'on s'asphyxie !

Le piétinement, le remuement incessant qui trompe l'attente. Un coup de feu, parfois, tiré au hasard, sur un lièvre ou une ombre entre les créneaux. *Pan !* Raté. La balle allongera la grande addition des munitions.

— Combien de cartouches ? Seulement ? Faut vous réveiller, vous êtes pas là pour ronfler.

Au bout du fil qui court entre les lignes, un officier fait ses comptes. Il s'applique à l'alignement des chiffres et des colonnes. Je retiens deux et je pose trois. Sous le trait tiré à l'encre rouge, le résultat fabriquera le bilan du jour. L'idée est venue d'on ne sait où.

— Comptabiliser les munitions utilisées ? C'est quoi, cette connerie ?

— Un ordre, mon vieux, un ordre. Il vient de tomber.

— Tombé sur la tête, oui ! Ils ont pas autre chose à foutre au QG ?

— Il paraît que ça mesure le degré d'engagement des troupes entre les assauts.

— Les cons !

— Des fois qu'on se croirait en vacances…

Alors, parce que dans la cervelle routinière d'un comptable à galons aura germé une idée d'épicier, on recensera les cartouches tirées. En ligne, avec un haussement d'épaules, un lieutenant harassé annoncera un chiffre, n'importe lequel, pour que là-bas, à bonne distance du front, un porteur de képi referme satisfait son grand livre de comptes.

Depuis quatre jours, les hommes moisissent dans la tranchée. La semaine a été calme. À peine des coups de feu sans conviction ont-ils crevé la monotonie des jours. Escarmouches, dira le rapport.

Affalé, le soldat Ferchot sculpte une bague dans le laiton d'une douille. Bientôt, il faudra trouver autre chose, la bimbeloterie a vu son cours baisser. Marché encombré, l'offre a dépassé la demande. La mode change et l'arrière se lasse vite. Dommage, Ferchot aime bien les bijoux. Tandis qu'il creuse le métal de la pointe du couteau, il songe à un collier. Trois rangs de perles. Pas une en toc. Du précieux qui sent l'ouvrage d'orfèvre. Ferchot y associe un bijoutier à belle face d'andouille.

— Merde !

Le couteau a ripé sur le métal. Ferchot porte son doigt à ses lèvres. Le sang dans sa bouche a le goût du cuivre. C'est à l'instant précis où il lèche l'entaille à son index qu'il entend la sape. Peut-être la percevait-il déjà, en arrière-plan, trop loin pour l'isoler des autres bruits. À présent, la conscience en vient comme une évidence.

La sape ! Quelque part, sous la terre, les Boches creusent. À plat ventre. Au pic, à la masse, à mains nues. Les ongles cassés, les doigts écorchés, noirs, ils fouillent. Ils grattent. Le poussier s'infiltre dans la gorge. C'est de l'étouffement, des quintes, et la grande peur de l'enterré vif. Ils rampent. Mètre après mètre, avec d'infinies précautions. Dans la nuit souterraine, ils rampent. Et la galerie progresse.

La sape !

Le cri a figé les poilus. Pétrifiés, ils composent un tableau vivant. C'est le musée Grévin et ses statues de cire, le Châtelet quand le rideau s'ouvre. Les acteurs sont immobiles. La salle retient son souffle. On fait des *oooh !* tout ronds qui s'envolent comme des bulles. Dans une seconde, les figurants s'animeront. Ils vont courir sur la scène avec des mouvements bien étudiés, gracieux. Les premiers rôles au premier plan. C'est beau. Pour l'instant, les soldats gardent la pose. Mais leurs gestes suspendus n'arrêteront ni le temps ni la sape. Tendus, leurs uniformes raides de boue, ils calculent en silence. À raison d'un coup de pioche par seconde, combien de temps mettra un terrassier allemand pour parcourir un mètre, sachant qu'il lui faut, une fois toutes les dix secondes, déblayer le fruit de son travail ?

Boum, boum, boum, boum.

— Ils sont au milieu.

Voilà, le tableau s'est animé. Varlin s'est lancé le premier. L'arithmétique, il en connaît un rayon. Il l'enseigne, au lycée Pasteur, à Dole.

— Au milieu, il répète comme lorsqu'il veut pénétrer ses élèves d'une vérité révélée par les sinus et les racines carrées.

— Tu crois ?

Les hommes aimeraient que Varlin se trompe. Un peu. Un mètre ou deux, qu'est-ce que ce serait ? Une poussière. Une miette du *pi*. Bien malin qui peut dire la suite au 3,1416. Varlin n'en perdrait pas la face. Si loin de la virgule, ce n'est pas de l'erreur. Et un mètre, c'est toujours ça de pris. Il suffirait que Varlin ajoute : « Peut-être pas encore. » Pour reprendre espoir. S'ils n'ont pas atteint le milieu, les Boches sont toujours chez eux. De l'autre côté de la ligne invisible qui les sépare des Français.

Mais Varlin est agrégé. Sa précision s'étend à la décimale :

— C'est mathématique.

Les hommes se sont tassés. Une question les ronge, mais la poser attirerait le sort. Les catastrophes s'abattent quand on les évoque. C'est après que Ramure, sourcier dans la Brenne, eut parlé du déluge que la pluie est tombée six jours durant, noyant trois hommes dans un trou d'obus.

— À ton avis, dans combien de temps…

Pas un n'ose le demander. Mais tous évaluent les jours nécessaires pour achever le percement. Quatre, et la compagnie sera rentrée au cantonnement. L'attaque tombera sur les remplaçants. Chacun sa peau ! Quatre jours… Si la sape n'en prend que trois, les Boches auront miné la tranchée. Et alors…

Boum, boum, boum, boum.

L'écho semble plus proche. La sape vient d'entamer leurs nerfs. Elle les usera des heures durant. Quoi qu'ils fassent, ils ne lui échapperont plus. Ils sont prisonniers d'un fossé boueux que le ciel couvre comme un linceul.

Cinquième interrogatoire du soldat Jonas par le capitaine Duparc

(notes du caporal Bohman, greffier)

— Mauvaise nouvelle, Jonas, c'est pour après-demain.

— Après-demain ? C'est pas ce que vous aviez dit…

— Les choses ont changé… Le commandement a décidé d'avancer le procès.

— Ils ont pas le droit !

— Taisez-vous !

— Excusez-moi, mon capitaine.

— Un rapport de police est arrivé de Paris.

— La police ?

— Je suppose que vous n'êtes pas surpris…

— Un rapport sur moi ?

— Cessez de jouer les idiots, nous gagnerons du temps. On vous accuse d'avoir assassiné une femme.

— Hein ? C'est pas moi !

— Assez ! Quelles que soient les circonstances, vous répétez la même litanie. Hier c'était le lieutenant Landry, à présent cette femme… Deux crimes sont commis, à chaque fois vous êtes sur les lieux, et à chaque fois vous jurez vos grands dieux que vous êtes innocent.

— Je le suis, mon capitaine !

— Amélie Fruchon était bien votre marraine de guerre ?

— Je sais pas…

— On a retrouvé une de vos lettres chez elle.

— Oui… on s'écrivait, mais je la connaissais pas. Je l'avais même jamais vue avant…

— … Avant ?

— Je l'avais jamais vue.

— Vous avez dit « avant ». Avant quoi ?

— Je sais pas. Je l'ai dit comme ça.

— Avant de la tuer ?

— Mais j'ai tué personne !

— Et de lui voler ses bijoux ?

— C'est pas vrai !

— Jonas ! Votre dossier est à lui seul un plaidoyer à charge… Vous trempez dans une mutinerie, vous attentez à la vie du colonel de Guiches, vous proférez des menaces à l'encontre de votre lieutenant, il est assassiné lors d'une mission à laquelle vous participez, et pour couronner le tout votre marraine de guerre est poignardée le jour où vous lui rendez visite.

— Je lui ai pas rendu visite…

— Des témoins vous ont vu ! Qui plus est, vous avez pris la fuite.

— Elle était déjà morte !

— Enfin, vous y venez…

— C'est vrai, j'y suis allé, chez elle. Mais quand je suis entré, elle était morte…

— Jonas…

— Je vous jure, mon capitaine. Présenté comme vous le faites, tout est contre moi. Mais faut me croire, je vous le jure…

— Et ce collier dont vous avez tenté de négocier la vente.

— …

— Le bijoutier a fait une déposition.

— Je l'avais trouvé, le collier.

— Jonas, vous êtes désespérant…

— Mais c'est la vérité…

— Soit, où avez-vous trouvé ce collier ?

— Ben, c'est… au cimetière, je l'ai ramassé au cimetière d'Ancourt.

— Un collier dans un cimetière ? Vous voulez dire…

— Le cercueil était défoncé… J'ai vu le collier dedans…

— Vous avez pillé une tombe ?

— Elle était ouverte. Les crapouillots avaient retourné la terre de partout… J'ai pris le collier. J'aurais pas dû, je sais bien…

— Pilleur de tombe, à présent. Vous ne respectez donc rien ? Ni l'uniforme que vous portez, ni le repos des morts…

— …

— Vous souriez ?

— Pardonnez, mon capitaine, c'est le repos des morts…

— Eh bien, qu'y a-t-il ?

— On s'occupe pas tant des vivants.

Soldat Marcadin

Jonas, une marraine ? Depuis cinq mois ? Au fond, ça pourrait correspondre. Avant, il recevait moins de lettres. À part le père, de temps en temps… Quand je lui en ai fait la remarque, il a pris son air de conspirateur. *La Vie parisienne*, elle circule, vous savez. J'en connais qui y ont mis deux ou trois annonces. C'est comme la pêche, y a des fortiches avec qui ça mord à tous les coups. Il faut avoir l'œil, notez. Les marraines, elles sont pas toutes blanc-bleu, mon capitaine. De notre côté, c'est un peu pareil. Bref, Jonas s'était mis à écrire. Pour le reste, motus et bouche cousue. Il gardait son secret bien caché. Il a toujours été comme ça. C'est pas un causeux. Et il avait sans doute pas envie de se faire moquer. Si on l'avait surpris en train de conter fleurette, même à distance et sous pli cacheté, ça y serait allé bon train. Les gars sont pas méchants, mais Tranchecaille amoureux, je vois d'ici le costume qu'ils lui auraient taillé. De quoi lui faire regretter ses braies.

Quand il est parti en permission, il m'en a pas dit davantage. On était ensemble dans le train, mais moi j'ai continué jusqu'au Havre. Jonas est descendu à

Paris. Penser qu'il allait faire la foiridon avec Ferchot sans m'en avoir touché un mot, je l'avais un peu en travers. Du coup, dans le train, j'ai choisi un autre compartiment. Les voir mijoter leur escapade comme deux écoliers qui font la classe buissonnière me disait trop rien. On se sent au rancart dans ces cas-là. Ça m'avait un peu gâté le voyage, pour tout dire. Gare du Nord, j'ai pas demandé mon reste, j'avais juste le temps de gagner Saint-Lazare.

Une fois rentré, quand j'ai retrouvé Jonas, je me suis vraiment cru sur la touche. Il m'en a pas cassé une sur son séjour à la capitale. Un mur… Et puis je me suis dit qu'il y avait peut-être de la déconvenue dans l'air. Les permes, on s'en fait tout un fromage, et quand on le déballe il sent parfois le moisi. À la réflexion, s'il a rendu visite à sa marraine, ça s'est peut-être pas passé comme il le croyait.

Après, je me souviens pas qu'il ait reçu d'autres lettres. Il avait plus l'air d'en attendre, du reste. Il pointait même plus son nez au courrier. Je lui ai rien dit. De toute façon, il aurait pas apprécié. Lui qu'était placide comme un bon gaye, il prenait la mouche.

Chère Louise,

Le temps de notre petit feuilleton est loin. Vous l'avez compris, vous qui, dans votre dernière lettre, vous faites grave.

Les tenants de l'instruction m'obligent au secret. Mais vous l'avez lu entre mes lignes, ma charge ne me laisse plus de répit. Si je ne peux faire abstraction de l'homme dont la vie me semble dépendre de moi, je ne peux davantage m'extraire d'une vérité dont la recherche s'avère si ardue que je me prends à douter de la trouver jamais.

Celui que je défends ne cesse de glisser entre mes doigts, aussi insaisissable qu'un reflet dans l'eau. Il en a l'inconsistance et, selon la lumière qui l'éclaire, les métamorphoses. Jamais je ne suis parvenu à dessiner son vrai visage. À certains moments, sa naïveté me touche sans doute plus que je ne voudrais. L'instant d'après, elle me paraît truquée, fabriquée comme une fausse monnaie. Tout est contre lui. La succession incroyable de faits affligeants auxquels il est mêlé. Les situations équivoques où on le retrouve.

Sa négation de l'évidence, la pauvreté de ses arguments, tout plaide contre lui. Pourtant, par un étrange effet, l'accumulation joue en sa faveur. Peut-il être coupable de tout ?

Il réunit tant de motifs de l'accuser que je ne sais même plus de quoi je dois le défendre. Que je prenne une direction et le procureur en montrera une autre. Je serai, dans ce procès, pareil à la boule sur un tapis de billard.

Jonas doit servir d'exemple. On me l'a fait savoir. Peut-on attendre la justice d'un tribunal décidé à faire un exemple ? L'instruction a été raccourcie. Une épreuve de vitesse est engagée avec l'arrière qui soupçonne Jonas d'un crime sordide.

Peut-être en est-il coupable, j'ai peur que nul ne le sache jamais. Si on l'exécute — et j'ai des raisons de le craindre —, personne ne saura davantage quel crime il expie. Le meurtre dont il est accusé ? Celui dont la police le soupçonne ? Le désordre dont il incarne le ferment aux yeux de l'armée ? À moins qu'il ne doive mourir parce qu'il représente ce qu'elle a produit de pire : un assassin.

Au-delà, une question ne cessera de me hanter : Jonas était-il coupable ?

Vous voyez, ma tendre Louise, votre petit capitaine est bien sombre. Vous l'aviez deviné, alors pourquoi feindre ?

Voilà notre feuilleton sur une voie de garage. Il était trop fragile pour faire illusion longtemps. La guerre emporte ce qui est charmant. Tout de même, je m'en voudrais de vous laisser sur une note aussi noire. Savez-vous que notre Bohman est parti pour

Paris ? Comme dans l'un des épisodes que nous projetions d'écrire, il y remplit une mission conforme à son état. Le voici redevenu détective. Et comme dans les meilleurs *serials*, Bohman doit jouer contre la montre. Il dispose de quarante-huit heures pour percer le mystère Jonas. Vous voyez, la fiction rejoint finalement la réalité. Puisse-t-elle, à défaut de fin heureuse, l'adoucir un peu.

Je vous embrasse avec amour.

Paris, juin 1917

La chambre est ordinaire. Tout de même, c'est une chambre civile. Le tapis élimé, le lit à barreaux, l'armoire à glace. Est-ce donc ça, la vie civile ? Un miroir au tain moucheté ?

De l'escalier montent des bruits lointains. Familiers ? Jadis. Il faudrait se souvenir. La tuyauterie, une chasse d'eau, une toux, des pas lents. Un homme, dans les étages, un vieux, pour sûr. Et qui d'autre, ici ? Une femme en savates ? Possible. C'est un bruit de fatigue traînée comme un boulet.

La vie civile.

Vous êtes allongé sur le lit. Vous n'avez pas ôté vos godillots. Un journal sous vos pieds fera l'affaire. C'est un journal civil. On y parle de la guerre à mots circonstanciés. Des mots de gens qui savent. Leurs idées en ordre de marche, les phrases à la parade et des avis autorisés. L'état du front, celui des troupes. Il y a là-dedans de la stratégie expliquée comme il faut. C'est un jeu d'échecs avec des coups pensés de loin. Un repli prépare l'offensive, une position sacrifiée annonce la victoire. À ce compte-là, on en voudrait d'autres. Avec leurs héros tombés bien proprement. À peine morts, pour ainsi dire.

De cette bouillie, vous ne lirez rien. Quelle importance ? Vos pieds s'en chargeront. Des pieds de conscrit sur le dessus-de-lit.

Ils ont cette odeur trop forte répandue dans la pièce. Votre odeur, caporal Bohman. Vos camarades ont la même. Le fumet à tout le monde. Là-bas, il baignait le troupeau. À présent, vous le sentez comme un vent incongru. C'est le cantonnement, le moisi, la mort et les feuillées.

À l'entrée du meublé, la plaque d'émail bleu promet l'eau à tous les étages. Mais il faudrait plus d'un broc pour se laver de tout ça. Demain, le bain public, peut-être. Il vous vient des envies de savon, de vapeur, de serviette. Pour le moment, vous avez mieux à faire.

— Quarante-huit heures, Bohman, quarante-huit heures. Pas une de plus.

En signant votre permission, le capitaine s'était presque excusé d'une tâche vouée à l'échec :

— C'est tout ce que j'ai pu obtenir.

Vous ferez le maximum. Il le sait, cela vous dispense d'une phrase toute faite. Vous le saluez, réglementaire, mais il a ce geste las qui vous émeut. Alors, d'instinct, vous lui tendez la main. Il la regarde. Depuis longtemps, il ne serre plus que des mains galonnées. Le geste vrai, il l'a oublié. Maintenant, il lui revient et c'est comme un sourire qu'il a.

— Merci, il murmure.

Il a pensé « tout ça ne sert à rien », mais devant

votre main tendue il ne sait plus. La guerre ne l'a pas encore vaincu.

— Mon capitaine, peut-être découvrirai-je que Jonas a réellement tué cette femme…

— Il appartiendra alors à la justice militaire de lui réserver un procès équitable. Pas une exécution sommaire.

— Elle le fera ?

— Il le faudra. Sans cela, pourquoi combattrions-nous ?

Il a un mouvement du buste un peu crâne. Cette imperceptible et vaine élégance avec laquelle il conduit l'assaut, c'est pour elle que vous êtes là. Dans la chambre d'un meublé de passage. Comme vous seriez sur l'échelle de tranchée ou dans le no man's land entre les lignes, rampant vers les barbelés et priant le bon Dieu de miséricorde qu'il vous protège des balles. Ce n'est peut-être rien d'autre que la fidélité des chiens pour leur maître, un besoin d'amitié sous la mitraille ou de l'estime, allez savoir. Mais vous y êtes. Un capitaine de mes deux vous a eu jusqu'au trognon avec sa justice sur laquelle vous crachez. Parce qu'elle ne ressuscitera jamais un copain mort.

Les pieds sur le journal, vous résistez au sommeil. Un quart d'heure, rien qu'un petit quart d'heure. Vos paupières sont des rideaux de fer mais vous êtes venu pour M. Paul et ses tuyaux d'indic. À moins que ce ne soit pour échapper au cantonnement. Parce qu'entre nous, Jonas est perdu. La cour martiale ne sera jamais qu'une faribole.

Et si votre pauvre instinct d'enquêteur était seul

capable de vous remuer le cul ? La guerre qui vous a vidé comme un poulet l'a oublié dans un coin de vos neurones. L'idée vous fait sourire, caporal Bohman. Puis vous l'oubliez. Avant tout, vous êtes un soldat. Et franchement, ce n'est pas grand-chose.

Sur le lit, le corps de M. Paul a creusé le matelas, nuit après nuit, du poids de sa fatigue. Sa journée terminée, il s'y coule. La même place. Chaque soir. Les chaussures retirées. La gauche d'abord. La droite ensuite, qu'il empoigne en soupirant. Et la chaussette percée où pointe le gros orteil. Les pieds d'un loufiat, c'est quelque chose. Il faut être du métier pour en avoir conscience. Nul ne sait de combien de durillons se paie un Picon-bière. C'est de la petite souffrance encaissée avec l'addition. Alors, quand M. Paul mouchardе, il rend la monnaie.

Tout à l'heure, en vous voyant dans la brasserie, il a eu son mauvais sourire. De bons, il n'en a plus. Ils se sont usés dans les allers et retours, les s'il-vous-plaît-garçon et les pas perdus.

— Qu'est-ce que tu fous ici ?

— Ton histoire… j'ai besoin d'y voir plus clair.

— Ça vaut gros, hein ? Je m'en doutais. Je termine à vingt heures. Monte m'attendre dans ma piaule, on sera plus tranquilles pour causer.

Ses clés sentent l'ail et la rouille. En vous les confiant, il avait dit :

— T'as bonne mine. T'aurais pas un peu forci ?

— La vie au grand air…

— Ah, ça doit être ça, il a répondu comme devant une évidence que la distraction fait oublier.

Et il a pensé que les poilus n'étaient pas tant à plaindre :

— Sans compter qu'on vous nourrit bien. C'est important, la graille. Ici, ça devient la croix et la bannière pour dégoter ce qu'il faut.

Sur le menu, on avait changé les prix.

— Je vois.

— Finalement, vous avez pas la plus mauvaise vie…

— Tu n'as pas eu de pot, toi, de tirer la réforme, hein ?

Il avait regardé ses pieds. Des grands pieds bêtes dans leurs pompes éculées :

— À quoi ça tient, parfois ?

— On se demande.

Un renflement, à l'emplacement du petit orteil, marquait l'épaisseur du protège-cors. Les emplâtres orthoplastiques du docteur Lambiote font oublier la douleur. Leur onction d'herbes médicinales ramollit œils-de-perdrix et oignons.

— Ah, mon vieux ! L'arrière, c'est pas toujours ce qu'on croit.

— Je me doute.

— Oh, toi, je sais bien, tu parles pas sans savoir… Tu prends quelque chose avant de monter ? C'est moi qui régale.

— Le sou du soldat, quoi.

— Hé, je soutiens le moral du poilu !

Sa bière était fade. La guerre avait aussi changé ça ? Le pinard des rations, qu'on chante en marquant le refrain de gestes gras, détruit les souvenirs aussi sûrement que les gaz brûlent les poumons.

Il était là, le retour au foyer, dans un demi éventé.

Les copains rentrant déconfits, vous trouviez qu'ils attigeaient :

— Quand même, la perme…

Eux, avec des airs de chien, ils retrouvaient la meute. Et pour un peu on aurait pensé que ça les soulageait.

— C'est plus comme avant, ils disaient.

— Quoi, y a plus de trams sur les avenues ? Le poinçonneur, à Télégraphe, on l'a enlevé ? Et le Saint-Claude, rue Cadet, on n'y vend plus de tabac ?

— C'est pas ça.

— Alors quoi ? La petite blanchisseuse, rue des Dames, ses beaux bras ronds, son chignon et sa bouche en pomme d'amour…

— De quoi tu me parles ?

Devant la mine du copain, vous pensiez aux histoires de cocus. Elles font tant rire au théâtre. L'amant dans l'armoire, le caleçon oublié et les portes qui claquent. Au fond d'une cagna, entre les lignes d'une lettre relue, avec la pluie qui dégouline et le canon qui gronde, c'est un autre tableau.

— Ça va chez toi ? vous demandiez, gauchement, comme on tend une perche.

Et l'autre qui répétait :

— C'est plus pareil.

Vous ignoriez quoi.

Maintenant, dans la chambre miteuse, comme tout à l'heure devant la bière pisse d'âne, vous savez.

Zone du front, lignes arrière

Il a plié bagage. C'est facile, il pense, en s'enfonçant dans les bois. Déjà, le bruit du canon s'éloigne. Insensiblement, celui de ses pas dans les broussailles prend le dessus. Sa démarche s'est allégée. Les premiers kilomètres ont paru pénibles, ses jambes étaient raides comme celles d'un malade longtemps alité. « Elles ont plus l'habitude. » Depuis des mois, elles ne marchaient qu'au rythme de la troupe. « Du troupeau », il songe, et cela le fait sourire. À présent, il leur faut se dérouiller. Réapprendre un pas libre.

Pour commencer, Verjean a jeté son fusil. À quoi lui servirait-il désormais puisque sa guerre est finie ? Le fourbi a suivi. Puis le casque, lancé dans un fourré. Tête nue, cela aussi, c'est bon. Il avait oublié le vent dans les cheveux et la plénitude des sons. Le bruissement des feuilles, le frottis des branches, le pépiement d'un oiseau…

Un oiseau…

— Je suis vraiment libre.

Il l'a dit à haute voix. En détachant les syllabes. S'entendre, c'est neuf. Ses oreilles sifflent encore de trop de tirs et d'explosions, mais les sons reviendront. Il faut leur laisser le temps.

Le soldat Verjean mâchonne un brin d'herbe. Il peut aller où bon lui semble. La fatigue l'a quitté, tombée avec le fourniment.

Ce soir, il dormira d'un sommeil paisible. Les étoiles au ciel auront leur doux frou-frou. Il sourit. Le poème lui est revenu porté par le vent. C'est un signe. Il ne peut rien arriver de grave aux Petits Poucets rêveurs.

La paix a des senteurs de fougère. Les odeurs lui parviennent en bouquets quand il ne sentait plus que la poudre, le rata et le sang.

Il ignore combien de lieues il a parcourues, et du reste il s'en moque. Il ne sait plus le jour ni l'heure. Il est nouveau-né.

— Tu parles d'un nourrisson.

Verjean rigole. Il pisse le long d'un arbre puis il reprend la route. Au petit bonheur.

Marcher, c'est du plaisir et cela le surprend. Marcher vraiment. Seul. Au rythme de soi-même. La petite chanson dans la tête et le corps qui se déverrouille. Ce soir, il éprouvera de la bonne fatigue. Pas de l'assommoir. Couché dans l'herbe, il contemplera la Grande Ourse, les chariots et tout le tremblement. Ni fusant ni éclairante. Seulement des étoiles. Et si l'une veut filer, il fera un vœu.

Au réveil, il avisera. Désormais, il a le temps pour cela.

— J'ai mis les bouts, il dit.

Et ça l'amuse. L'effraie, aussi. Déserteur. Il répète

le mot jusqu'à en perdre le sens. Après quoi, il n'a plus rien à craindre.

Il marche. Le bois est moins épais. Bientôt une clairière, une lisière et un champ.

Il a pris le chemin en bordure. Sur la terre, ses godillots sont paysans. Il cueille un épi, ils ne seront pas moissonnés. Quelle misère, il songe. Ça donnerait de la belle farine.

Un lièvre a coupé le chemin. Deux bonds et il a disparu.

— Il trace la route, lui aussi.

« Je m'en allais les poings dans mes poches crevées… » Verjean respire à pleins poumons. Et soudain, il s'arrête, le souffle coupé. Au détour du chemin, deux gendarmes font barrage.

— Alors, soldat, où allez-vous ?

— Papiers, ordre de mission…

Vejean s'est figé, au front le pli soucieux d'un enfant buté. Lentement, il a reculé. Le bois est là, derrière.

— Halte !

— Ne bouge pas !

Verjean pense au lièvre… Deux bonds.

Un…

Deux…

Il s'est retourné. Les gendarmes ont dégainé. Ceux-là sont des bons gros. Pères de famille et braves pandores. Ils préféreraient tremper leurs moustaches dans la soupe que jouer à la chasse à l'homme. Mais voilà…

— Soldat !

— Une dernière fois : halte !

Il a sauté dans les taillis. Une déchirure au dos.

— Merde ! il pense, ma chemise…

Couché dans l'herbe, il regarde les gendarmes accourir.

— Nom de Dieu, tu l'as eu !

— Quel con ! Pourquoi il a sauté ?

Ce n'est rien. Il ferme les yeux. Petit Poucet s'endort un pied près de son cœur.

Paris, juin 1917

— La journée n'en finissait pas.

Toutes les journées de M. Paul sont interminables. Elles ont un même goût de sueur et de lavette.

En entrant, il vous a réveillé.

— Tu t'étais endormi ? Paris te fait un drôle d'effet. Remarque, Paris, hein, ça doit te sembler bien calme.

Il a déboutonné sa chemise. Avec un soupir de soulagement, il retire le nœud papillon, le col en cellulo. En se grattant le cou, il pense qu'au fond, votre sort est enviable. La grandeur, l'héroïsme et la virile amitié. Il a dans le crâne tout ce qu'on y a bourré. Les images d'Épinal, les discours et les romans à deux ronds. Les fascicules couverts en tricolore avec l'Alsacienne héroïque et la nounou qui refuse son lait aux fils de Boches. Le poilu frondeur sous la mitraille, le mot de Cambronne comme une grenade, le petit clairon et le panache à la mort. Même les Africains… *Y'a bon Banania*. Sur les boîtes de cacao, le zouave rigole. « Sur la Somme, les Sénégalais s'amusent selon leurs coutumes, et comme de grands enfants, ils se sont construit des chevaux de bois. » M. Paul a vu ça au cinéma. Un film documenté : *Nos coloniaux sur la*

Somme. À force, il trouve qu'on en fait beaucoup. Il n'y en a plus que pour les poilus. Il faudrait peut-être changer de disque.

Les soldats, dans les rues, M. Paul ne les trouve pas si admirables. Descendus de leur cadre, ils sont moins reluisants. La guerre, ils en ont pris l'habitude et vous tirent la gueule. Avec le mal qu'on se donne, c'est pas la reconnaissance qui les étouffe. M. Paul ne parlera pas des mendigots. Les mutilés. Les infirmes, moignons exhibés au coin des rues. Aucune honte. Pourtant, la vie est rose pour personne. Demandez aux travailleurs. Les prix qui grimpent, la valse des étiquettes. Et les femmes portant la culotte. Ne cherchez pas pourquoi les grèves éclatent. Guerre ou pas, l'ouvrier défend son bifteck. Il serait peut-être moins cher si on n'entretenait pas tant de militaires.

Sur la politique, M. Paul pourrait dégoiser pendant des heures. Gâtée jusqu'au trognon. Gangrenée jusqu'en haut. Scandales et compagnie. Le poisson pourrit par la tête, et je me comprends. Caillaux, faudra qu'il paie un jour, et Malvy, pareil, ministres ou pas. Les plans du Chemin des Dames livrés à l'ennemi, secret de polichinelle. Ministre de l'Intérieur, ça lui va bien… Il est à l'intérieur comme un rat dans un fromage.

À l'occasion, M. Paul lit *L'Action française*. Léon Daudet est parfois excessif mais il vise juste. Sa rengaine, Paul sait la moduler et même la mettre en sourdine. Il a du nez pour sentir son public. En cas de doute, il l'appâte à l'allusion. Il en lance comme des sondes qu'il laisse suspendues à un « moi ce que j'en dis ». Que le client embraie et il sera servi. Avec vous, Paul ne s'y fie pas. Vous étiez dreyfusard. À sa façon, il vous excuse. C'est dans vos gènes, les juifs se serrent les coudes. Remarquez, si on en faisait autant, on n'en serait peut-être pas là. Mais moi ce que j'en dis…

Vous le trouvez moche. Sordide et bien pire. Somme toute, c'est un bon indic.

Il vous coule son regard en coin :

— Alors, je t'ai dégoté la belle affaire, pas vrai ?

— Parle-moi de ton poilu.

— Mon poilu ? C'est marrant de t'entendre dire ça.

— Ah…

— Vous en êtes tous les deux. Dans un sens, ce serait plutôt à toi de m'en causer.

— Justement, je veux être certain qu'il s'agit du même.

— Ça, mon vieux… En tout cas, les flics ont l'air de le penser. Note que moi, le coup de l'espion, tout bien réfléchi…

— Oui ?

— Pourquoi un espion boche irait-il zigouiller une tordue ?

— Qu'est-ce qui te fait croire qu'elle l'était ?

— Ses soixante-dix balais. Tu imagines, répondre à une annonce à soixante-dix ans ?

— Y a pas d'âge pour être marraine.

— Celles qu'on trouve dans *La Vie parisienne* ont pas le profil de dames patronnesses.

— Pour ça non plus, y a pas d'âge.

— Possible, mais ça m'étonnerait qu'elle ait envoyé les couleurs. Les horreurs de la guerre, vous les voyez assez comme ça… Note qu'il y a des amateurs. Prends la rue Godot, on n'y trouve pas que des jeunesses. Si je te disais…

Vous le coupez.

— Tu le reconnaîtrais là-dessus ?

Il regarde la photo que vous lui tendez. Un portrait de groupe. Les soldats fixent l'appareil. Ceux du premier plan sont accroupis. Les autres, debout derrière, s'appuient sur leur fusil. Jonas est en retrait, à l'extrémité du rang. Un mètre plus loin, il n'aurait pas figuré sur le cliché. Peut-être s'est-il glissé là à la dernière minute. À moins qu'un des camarades l'ait appelé. « Allez ! Viens aussi, Tranchecaille. » Il fait pièce rapportée. Lorsque le photographe a déclenché l'obturateur, il se tenait de biais, vers l'extérieur. *Clic-clac !* Il ne regarde pas dans la même direction que le groupe. Sans doute une ombre l'a-t-elle attiré au dernier moment. Ou un reflet du soleil. La photo doit être antérieure à l'attaque de la grotte. Le calot ne laisse deviner nulle cicatrice.

Paul a levé le nez :

— Avec l'uniforme, vous vous ressemblez tous. Mais, oui, je le reconnais. C'est lui, là.

D'un doigt rougi par les vaisselles, il tapote la photo.

— Là, il répète.

Votre cœur fait un bond.

— Tu es sûr ?

— Si je te le dis.

Vous n'êtes pas venu pour rien. Sur l'image du soldat, l'index de M. Paul dessine un gros point d'exclamation. Mais le visage qu'il marque n'est pas celui de Jonas.

Zone du front, salle du conseil de guerre

Le drap blanc donne à la table l'apparence d'un autel. D'emblée, l'impression saisit. Ce n'est plus une table ordinaire. Imposante. Voilà, elle est imposante. En reculant pour juger de l'effet, le caporal Boissien pense qu'il a réussi. Ce seul artifice confère à la pièce une atmosphère solennelle. Un tribunal doit inspirer un sentiment de rigueur et de respect. Pour le susciter, la République mélange à la dignité de ses ors une austérité égalitaire. Boissien a choisi l'épure. Elle n'est pas seulement affaire de moyens — « faites bien et faites vite » a ordonné le colonel —, elle est aussi une question de goût. Aux flamboyances du gothique, Boissien a toujours préféré le roman.

De la main, il rectifie le tombé du drap. Le colonel sera satisfait. Un décorum spartiate sied à la justice militaire. Le caporal n'avait encore jamais préparé la salle d'une cour martiale. D'instinct, il a trouvé le ton juste. Sa mission l'a pénétré au point de lui inspirer des sentiments ignorés. Et même, lui semble-t-il, de lui révéler des dispositions. Il se sent l'âme d'un moine-soldat. « Ordonnance… » Dans le silence de la pièce vide, le mot qu'il murmure résonne d'un écho nouveau. Fait d'ordination, d'ordonnancement, de liturgie et d'ordre. Sa condition lui évoque, sans qu'il se l'explique, de lointains chevaliers.

Au fond de la pièce, Boissien a déployé le drapeau du régiment. L'étoffe est pesante, parcheminée par les ans. On l'expose avec la ferveur due aux reliques. La poussière s'est incrustée, jusqu'à former une croûte grise. C'est une poussière historique. Il y a du Fontenoy et de l'Austerlitz là-dedans. Les cendres des heures glorieuses s'y sont agglutinées à la façon des sédiments dans le sol de France. Boissien chasse la pensée parasite qui lui suggère un fossile. Il réfléchit aux chemins de traverse qu'empruntent les idées pour s'associer. Elles sont pareilles aux hommes dans leurs rencontres improbables. Ainsi, M. Gustave Hervé, qui dirige *La Victoire*, journal de haute tenue, a commis jadis des pamphlets anarchistes dans un brûlot, *La Guerre sociale*. Celui qui signait « Sans patrie » a pourtant, dans une contrée mystérieuse du cerveau, rencontré le grand Barrès. Quel atome de l'esprit, quelle particule d'idée a provoqué le rapprochement de deux êtres cheminant sur des voies si différentes ?

Qui sait si tout n'a pas commencé par la naissance d'un de ces embryons de pensée formés hors de toute conscience ?

La hardiesse de son raisonnement fait frissonner Boissien. Se pourrait-il qu'à notre insu, dans un grand maelström cérébral, fermentent des songes qu'une image suffit à accoucher ?

Le caporal reporte son regard sur la table qu'effleure la lumière d'une lucarne. Elle est drapée comme dans leur toge le sont les sénateurs romains. À quelques pas devant, les bancs accueilleront l'assistance des gradés. Les places sur le côté sont celles de l'accusé et de son défenseur. Derrière la table, Boissien a disposé cinq chaises à l'assise cannée. Une pour chacun des officiers appelés à juger Jonas. Il se recule à nouveau pour évaluer le résultat. La sévère apparence des sièges convient. Le confort des fauteuils amollit le jugement.

Dura lex. La loi est dure. Mais c'est la loi. *Sed lex*. Boissien a fait ses humanités.

Paris,
juin 1917

Charcuterie des Deux Gares. C'est en vain qu'on frapperait à la porte. La famille prépare le fricot dans l'arrière-boutique.

Ils bouffent !

Vous avez manqué le renverser. Dans sa caisse à savon posée sur le trottoir, il ressemble à un guignol sortant d'un coffre à jouets. Mais il a perdu l'envie de jouer. La dernière fois c'était à la guerre, le jeu ne lui a pas réussi. Il y a laissé ses jambes. On lui a donné une médaille et promis deux pilons. On en fabrique de beaux. « La science a fait un pas de géant », a déclaré le médecin. Il aimerait en dire autant. En attendant, il est homme-tronc. Pareil à ceux des baraques foraines. Enfant, ils lui fichaient la frousse. L'étrange attirance qui se mêlait à sa répulsion lui évoquait une maladie honteuse et cela l'effrayait plus encore. Désormais, ce sentiment, c'est lui qui l'inspire. La pensée le torture comme la douleur ses jambes disparues. Au début, il faisait peine. Au fil des jours, il a fait honte. Vivre, entier, malgré la guerre, on en a mauvaise conscience. Alors, le voir en reproche vivant, plus d'un passant s'est pris à regretter qu'il en soit revenu. La méchante pensée à peine émise, on s'en repent, mais c'est trop tard, elle a fait son lit. On en veut un peu plus à l'infirme. La petite marée de l'aigreur a commencé. Elle montera chaque jour. Et chaque jour, en croisant le cul-de-jatte, on s'en voudra davantage.

— Ils bouffent, il répète la tête levée pour causer. Ils sont là pour ça. Bouffer et vendre de la bouffe. De la bouffe française. C'est écrit. Ils sont baths, hein ? Ils m'en filent, à l'occasion. Des petites portions, dans des petits paquets. Faut croire qu'un homme-tronc n'a qu'une moitié d'appétit. Je dis ça, mais c'est pas des mauvais bougres. C'est juste qu'on n'est plus du même monde. Qu'est-ce qu'ils pourraient comprendre au nôtre ?

Vous vous baissez pour lui tendre la main.

— T'es du 334e ? il demande en la serrant. Leur fils à eux est au 18e.

— Pas terrible.

— Je leur raconte des craques.

— Des craques ?

— Oui. Qu'il craint pas trop. Que c'est pas si moche. Tu vois le genre…

— Pourquoi fais-tu ça ?

— Qu'est-ce que tu veux, les voir se ronger les sangs, lui envoyer des colis comme si ça le protégeait des balles, j'en ai le bourdon.

— Je m'appelle Bohman, Octave.

— Mauprat, Célestin, 5e de ligne. La quille ! La quille et les pilons…

— Il faudra bien que ça finisse.

— Quand tous les pauvres s'y mettront…

Il aurait pris le même air pour demander un mot de passe.

— Ça branle dans le manche, vous répondez en vous rappelant les vieilles chansons des métingues si lointains.

Aussitôt, vous vous mordez la langue. Dans sa caisse, Mauprat rigole.

— Je sais, le manche te fait penser à une béquille ? C'est ça ? Te bile pas. Au début la moindre allusion vous écorche, après, si tu savais comme on s'en fout… « Ça branle dans le manche, les mauvais jours finiront… » Je l'ai chanté mille fois, ce truc. Aujourd'hui encore, faudrait pas me pousser… De toute façon, vaut mieux pas, hein ?

— …

— « Et gare à la revan-an-an-an-che… » Moi, j'étais SFIO, et toi ?

— Rien, je n'étais rien. Mais j'aimais bien Jaurès.

— Je sortais du Croissant, quand ils l'ont flingué. Je livrais le pain. Je suis dans la boulange…

Il regarde ses moignons.

— … Enfin j'étais. Maintenant, c'est dans la merde que je suis. Remarque, à la Noel, on pourra toujours me coller en vitrine à la place des automates… Te marre pas, j'ai fait du cinématographe, tu sais ? Ils cherchaient des vrais poilus pour faire authentique. Ils m'ont pas filmé dans ma caisse, faut pas démoraliser l'arrière. On m'avait installé dans un fauteuil, une couvrante sur mes bouts de guiboles. J'agitais un drapeau, je faisais un blessé dans un hosto cerné par les Boches. Tu vois le truc ? À la fin, je plantais mon drapeau dans un Allemand. *L'Hôpi-*

tal héroïque. Ils m'ont payé. T'imagines ? Faut qu'ils soient couillons…

— À propos de couillonnades… les charcutiers auraient vu des espions…

— Tout le monde voit des espions. Des grandes oreilles boches dans les murs. Note qu'il doit en traîner ici ou là. Mais dans une charcuterie, ils espionneraient quoi ? La recette des saucisses ? Les Pruskos doivent la connaître.

— Les patrons ont déposé au commissariat…

— Tu en sais des choses. T'en serais pas, toi, du commissariat ? Des indics, il en circule plus que des espions. Tu cherches quoi ? Des biffins en cavale ? Qu'ils se carapatent, pendant qu'ils ont des jambes. C'est pas moi qui leur courrai après.

— T'inquiète pas. C'est après le temps que je cours. Je n'ai que quarante-huit heures. Un gars du 334e va passer au tourniquet, on l'accuse d'avoir assassiné son lieutenant…

— Mince.

— Je sers de greffier à son avocat. Un capiston tout ce qu'il y a de correct. Il m'a envoyé ici glaner ce que je pourrai trouver.

— Votre gars a occis son lieut' à Paris ?

— Pourquoi ?

— Puisque t'es là, c'est que votre gars a tué son lieut' à Paris, non ?

— …

— C'est pas ça ?

— Nom de Dieu !

— Qu'est-ce qui te prend ?

— Ce que tu viens de dire…

— Quoi ? J'ai dit quoi ?
— Le lieutenant, à Paris.
— Eh bien ?
— Pas le temps de t'expliquer.

Zone du front, tranchée des premières lignes

La sape a cessé aux premières lueurs de l'aube. Pesant comme un mortier chargé jusqu'à la gueule, le silence est tombé sur la tranchée. Depuis trois jours, les hommes vivaient au rythme des coups sous la terre. De plus en plus sourds, de plus en plus près. Les sapeurs boches ne retenaient plus leurs pioches, sûrs de leur avance. Le cœur à l'ouvrage : « On approche, les gars ! » Ou peut-être ne disaient-ils rien. Un mutisme de sueur et de cœurs battants. Les mâchoires serrées. Parce que, sait-on jamais, échouer si près du but, on l'a déjà vu. Ils avaient passé les barbelés et les chevaux de frise, les obus fichés dans le sol. Des moches, qui n'avaient pas explosé et qu'un coup de pic pouvait vous foutre sur la gueule. Le soleil rouge dans la galerie et le valdingue général. Pulvérisés, arrachés, éclatés, les os dehors, en avant toute, le méli-mélo des corps. Tronçonnés, hachés, la chair à vif dans la machine à viande. Et derrière, les enterrés agonisants.

Boum, boum, boum, boum.

Les Allemands avaient passé l'amoncellement des corps pourrissant en surface. Les moitié squelettes, les écorchés, les décharnés aux babines retroussées sur les gencives noires et la racine des dents.

Ils avaient passé tout ça et c'est à croire que ça les dopait mieux que la coco. Toute la nuit, ils s'étaient lâchés, ne craignant plus rien. Fouillant à pleins bras les entrailles de la terre.

Boum, boum, boum, boum.

Sur le volcan qui va leur péter au cul, les poilus en deviennent dingues. Les nerfs à vif, la tête meurtrie par l'écho des chocs, l'insomnie et le silence à présent, vrillés jusqu'au fond des méninges. Là où grossit, comme une tumeur, une seule pensée : on va sauter ! Faut foutre le camp, prendre ses jambes à son cou, pouloper pendant qu'il en est temps. Ordonnez le repli, mon lieutenant. Ordonnez ! Qu'on leur laisse la tranchée, puisqu'ils la veulent. On la reprendra, vaille que vaille, baïonnette au canon. Ils perdront rien pour attendre, allez ! Craché, juré ! On en fera de la charpie. Ils la savoureront pas, la petite victoire. Ils en seront encore à s'installer dans nos cagnas qu'on fondra sur eux. À la sauvage. On la nettoiera, la tranchée. Elle sera comme un sou neuf, lavée de l'Allemand. Le sang impur, on en fera du boudin. Mais, par pitié, commandez le repli.

Et le lieutenant ne sait plus. Depuis des heures, ça lui trotte dans la tête de mettre les bouts, mais les ordres, derrière, ne remontent pas. Le dernier en date, c'était tenir. Depuis, plus rien. L'artillerie est muette, le pilonnage qu'on leur avait assuré n'a pas eu lieu. Les canons sont bouche cousue.

C'est quoi ce bordel ? On nous a oubliés, mon lieutenant ! Faut évacuer !

Il ne sait plus, le lieutenant, ce qu'il faut faire. Et les hommes autour qui le pressent. S'il les comptait, il en manquerait deux. Les premiers à décamper dans le boyau. Mais il ne sait plus compter. Il ne sait plus rien, que l'imminence de la mort et son incapacité à décider quoi que ce soit. Le commandement du repli, il l'a dans le gosier mais sa langue est épaisse, sa bouche si sèche. Il est muet, noué, paralysé de la glotte et du reste.

— On évacue, les gars !

Le sergent a donné l'ordre. Tandis que les hommes refluent vers le fond de la tranchée, il se penche sur le lieutenant. Il lui parle doucement, comme à un enfant autiste. Mais l'officier n'entendra pas. La mine vient d'exploser, ouvrant le sol sous leurs pieds. Sous le déluge de flammes et de terre, Ferchot est tombé. Sectionnée, recroquevillée sur le sol ravagé, sa main ressemble à une mygale. Elle bouge encore, lente et fragile, comme si elle voulait saisir la vie qui s'écoule dans la terre.

Bureau du capitaine Duparc

— Je n'entends rien, allô. C'est vous, Bohman ?

— Allô… Capitaine ?

— Bohman, c'est vous ?

— J'ai du nouveau, mon capitaine.

— Saleté de bigophone… Vous dites ?

— Du nouveau ! Mon contact est formel, ce n'est pas Jonas qu'il a vu !

— Hein ?

— Ce n'est pas Jonas qu'il…

— Oui, j'ai entendu, ne hurlez pas… Votre contact… vous êtes sûr de votre homme ?

— Autant qu'on peut l'être d'un indicateur… Mon capitaine…

— J'écoute…

— Il faut vérifier la liste des permissionnaires…

— Ce sera fait…

— Et regarder si le lieutenant n'en était pas…

— Landry ? Pourquoi Landry ?

— Allô…

— Allô, vous m'entendez ?

— Mal, mon capitaine.

— Pourquoi Landry ?

— … rien négliger. Vérifier si nous ne sommes pas sur une mauvaise voie…

— Quelle voie ?

— La mort du lieutenant et l'histoire du pantalon… peut-être pas en rapport…

— Avec quoi d'autre ?

— Amélie Fruchon.

— Hein ?

— L'assassinat d'Amélie Fruchon.

— Allô !

— J'ai repensé au témoignage du caporal Lucas…

— Quoi ?

— Lucas. Le cabaret de la Belle Femme… Que disait Jonas ?

— Il me faudrait relire vos notes… Quelque chose comme « La belle femme pisse le sang »...

— Très exactement : « La belle femme pisse son sang, mon lieutenant »…

— Peut-être… Quelle différence ?

— Il a dit « mon lieutenant »…

— Eh bien ? …

— Il s'adressait au lieutenant…

— Allô ! Vous voulez dire que son rêve renverrait à un souvenir précis ?

— J'essaie de croiser des fils.

— Quels fils ?

— …

— Allô, Bohman… Quels fils ?

— …

— Allô !

— Ceux qui les relient…

— Je ne vous entends plus. Que dites-vous ? Saleté de liaison !

— … vérifier… permissionnaires…

— Bohman… Allô !

— …

— Allô ! Allô !

— …

Salle du conseil de guerre

Sur la nappe blanche, le code de justice militaire imprime une marque écarlate. En le posant, le colonel Mignot a songé à une nature morte. Il les a toujours aimées. Les pommes à la cruche composent le motif qu'il préfère. Mais plus encore, il est sensible aux vanités. Elles le plongent dans un état méditatif qui lui fait croire à sa profondeur d'âme. Le colonel se pique de connaître la nature humaine. Il s'imagine en vieux sage pétri de savoir. Mais le sien tient dans son képi.

Ce matin, après ses ablutions — à l'eau froide, foutre Dieu, rien de tel pour raffermir le cuir et l'esprit —, il a déjeuné d'un café fort et sans sucre. Il l'accompagne d'une cigarette qu'il tient, majeur et index tendus, à la manière de ces officiers vieille France. Ses gestes sont empreints d'une raideur conforme à l'idée qu'il se fait de son grade. Il les a étudiés, il y a longtemps, avant de s'y corseter comme dans un uniforme d'apparat.

La déclaration de guerre l'avait surpris alors qu'il lisait *Le Journal des finances*. Il n'avait rien laissé paraître de ses sentiments. L'exaltation de vivre un jour qui changerait le monde, et la résolution du devoir. Il avait refermé le journal comme on pose ses gants. L'heure était donc venue. Il se souvient d'avoir pensé : « Enfin ! » La guerre éclatait comme un orage qui aurait trop tardé. Les Balkans, la Serbie, la Bulgarie, l'Empire austro-hongrois, le Boche, le Turc… Tout macérait. Il fallait bien que cela pète. Le tonnerre libère d'une tension étouffante.

Au cercle, les officiers s'étaient levés. Droits, dignes, guindés dans leur importance. *La Marseillaise* avait jailli des poitrines, gonflant les dolmans, soulevant les médailles. « Le jour de gloire est arrivé. » En chantant, ils se regardaient comme on se contemple dans un miroir. Et ils s'adressaient des petits mouvements de menton qui disaient « ils ne passeront pas ».

Ils étaient sortis. Les grands événements appellent la rue. Dehors, des attroupements, les affiches placardées, des visages graves, et des cortèges, déjà. Aux casernes ! Aux frontières ! La ferveur, les larmes et les fleurs aux conscrits. Une marchande des quatre-saisons offrait les siennes. Aux terrasses, on s'enivrait de mots et de vin blanc. Il y avait des avis, définitifs, des torses bombés et des chapeaux qu'on levait en salut au pays. On s'embrassait, unis, réconciliés, droite, gauche, les deux pas de la marche cadencée. Aux carrefours, on célébrait la patrie, les couleurs du drapeau et les soldats de l'an II. Des vieux, qui avaient vu 70, hochaient la tête en silence.

Le colonel avait senti dans l'air passer le souffle de l'Histoire. Trois ans plus tard, la boue, le sang et la mort l'avaient altéré, mais plus encore l'esprit de renoncement. Ce n'était pas le moment de faiblir. On tiendrait, nom de nom, on tiendrait ! Jusqu'à la victoire. La guerre intégrale. « Ni trahison ni demi-trahison ! » allait lancer Clemenceau à la Chambre. Le Tigre secouerait l'état-major, ses idées sentaient le soufre, mais, ventrebleu, il en avait !

Un faisceau de poussières danse dans la lumière. Le colonel soupire. Un conseil de guerre n'est pas une soirée de gala. La main de fer est nécessaire. L'ordre ne souffre nulle faiblesse. Du reste, qui en éprouverait pour un Jonas ? L'armée est bonne fille de faire justice à sa lie quand un coup de balai suffirait.

Le colonel Mignot consulte sa montre de gousset. Il ne faudra pas traîner. À cette heure même, à Paris, un inspecteur de police reçoit les dernières consignes de ses supérieurs. Au Palais, un juge blanchi sous l'hermine lit peut-être les premières notes de l'instruction. La machine est en branle. Elle ne doit pas prendre Jonas. Le linge sale se lave en famille. Et celui-là aura sa lessive.

Le faisceau de poussières s'est posé sur le code. Du geste, le colonel brasse l'air devant lui.

De la cendre à la cendre.

Vanité, tout est vanité.

Sixième interrogatoire du soldat Jonas par le capitaine Duparc

— Jonas, la police est en route, le conseil se prépare. Nous n'avons plus que quelques heures pour bâtir votre défense. Je comptais l'appuyer sur la fragilité d'une accusation qui ne dispose d'aucun témoignage sérieux. L'assassinat de votre marraine a tout remis en question.

— C'est pas moi…

— Cessez, Jonas ! Soit. Ce n'est pas vous. Mais pour la cour, il en faudra davantage. Reprenons les choses dans l'ordre. Depuis quand correspondiez-vous avec cette femme ?

— Je sais pas. Quatre mois, cinq peut-être…

— L'aviez-vous déjà rencontrée ?

— Non. Je lui avais même pas dit que j'allais venir la voir.

— Pourquoi cela ?

— J'ai pas eu le temps, les permissions sont tombées à la dernière minute, quand on les attendait plus.

— Que saviez-vous d'elle ?

— Rien…

— Comment cela ? Vous correspondiez depuis cinq mois…

— C'est la vérité. Je sais ce qu'elle a bien voulu m'écrire, rien d'autre.

— Je ne comprends pas.

— En la voyant morte, j'ai pas réalisé que c'était elle. J'ai cru que je m'étais trompé d'adresse… Une vieille… C'était pas possible, vous comprenez. Ses lettres… Elle disait pas son âge, bien sûr, et ça se demande pas, mais quoi, sa façon de les tourner, ce qu'elle écrivait, ce qu'elle me répondait, aussi, quand ça a changé…

— Qu'est-ce qui avait changé ?

— Tout… les sentiments, si vous voulez. Au début, on se parlait dans le vague, des histoires sans conséquence. L'important c'était de penser à autre chose qu'à la guerre. Puis arrive un mot, et un autre… Pour savoir si on se fait pas des idées, on en écrit un peu plus, comme on avance un pion aux dames. Elle vous répond. Ça devient un jeu. Avec des petites ruses et des agaceries. Jusqu'au jour où on est mordu. À ce moment-là, on vous demanderait ce que vous savez sur la dame, vous seriez bien en peine. On se l'est pour ainsi dire fabriquée, mais le réel… Son âge ? On lui a donné celui qu'on veut. Son visage ? À peine si on s'étonne de ne pas avoir reçu la photo. Elle vous l'a envoyée, elle vous le dit. Probable qu'elle se sera égarée. On peut pas demander aux lettres d'arriver comme en temps de paix… À force d'insister, j'ai fini par en avoir un, de portrait… C'était un de ceux qu'on met dans le boîtier des montres. Elle était jeune, là-dessus. Et jolie. Tout de même, ce qu'elle est devenue…

— La photographie ne vous a pas paru ancienne ?

— C'était qu'un portrait, je vous l'ai dit. Un petit. Elle m'a écrit qu'il venait d'un médaillon à sa mère. La coiffure était pas trop passée de mode… Elle avait pas d'autre photo, elle s'en ferait faire une et me l'enverrait…

— Vous l'avez gardée ?

— Non, je l'ai jetée.

— Voilà encore qui plaidera contre vous…

— Contre moi ?

— On dira que vous avez voulu effacer tout ce qui vous reliait à votre victime.

— C'est pas ma victime. Quant au reste, c'est vrai, je l'ai jetée pour pas qu'on fasse le lien au cas où…

— … il y aurait une enquête…

— Ben oui.

— Vous voyez…

— C'était pas sorcier à deviner qu'on risquait de me coller sa mort sur le dos si on trouvait quoi que ce soit en rapport avec moi.

— Et vos lettres ?

— Je croyais les avoir toutes emportées…

Ah, parce que ça aussi…

— J'ai eu peur…

— Jonas, tout vous accable. Tout !

— Mon capitaine, la photo, je l'ai pas détruite seulement pour ça.

— Pour quelle autre raison ?

— La savoir vieille, après ce qu'on s'était écrit… Je sais pas si vous allez comprendre…

— Essayez…

— J'ai eu envie de me foutre à l'eau…

— …

— Ça m'a fait comme un grand vide. J'étais tombé amoureux d'une image. Pour moi, elle avait vraiment existé. C'était fini et je pouvais même pas me raccrocher à son souvenir. Devant moi, j'avais une vieille, avec son corps que je vous passe les détails. D'un coup, plus rien n'avait de sens. Je vous jure, me jeter à la baille, j'y ai songé…

— …

— Vous parlez plus, mon capitaine…

— Je vous écoutais…

— Et…

— Rien. Je songeais que s'inventer des romans est peut-être ce qui nous tient en vie…

— J'y ai pensé, moi aussi. Même dans les bois de Missy… j'y ai pensé. Ils s'en inventaient eux aussi des romans, comme vous dites. Des contes à dormir debout. Mais voilà, quand on se réveille, on tombe de haut. Vous avez connu ça, mon capitaine ?

— Il nous faut revenir à vous, Jonas. Le collier…

— Quoi, le collier ?

— La police pensera que vous avez cherché à négocier celui qui a été volé chez votre marraine. Où est-il ?

— C'est pas moi qui l'ai gardé.

— Qui était avec vous ?

— Je peux pas donner un copain…

— Il y va de votre vie, Jonas…

— …

— Jonas, le temps passe, nous n'en avons plus beaucoup.

— … Ferchot, c'est Ferchot, mon capitaine.

Bureau du capitaine Duparc

Ils sont là, tous les quatre. Réunis sur le papier comme ils devaient l'être dans le train qui les emmenait à Paris. Dans leur musette, ils avaient emporté le casse-croûte du voyage et les vagues promesses de vie retrouvée.

Les compartiments pleins à craquer, les couloirs bondés, les vitres brisées par où défile un paysage désespérant. L'odeur d'homme et de tinettes. Les grosses plaisanteries, les chansons idiotes, les rots, les ronflements, les engueulades pour un atout mal joué. « Bougre de con, garder le petit quand le dix n'est pas tombé ! » Les silences, aussi, chargés d'appréhension. Depuis quand n'a-t-elle pas écrit ? Vraiment écrit. Des mots qui comptent.

Et ce harassement charrié comme un poids mort.

Il y a tout ça dans ce convoi qui file à toute vapeur. Jonas, Ferchot, Carton, Landry. Quatre noms sur la liste des permissionnaires. Quatre cercles rouges tracés comme sur une copie d'étudiant. À trop fixer la feuille de papier bistre, Duparc les voit s'animer, descendre et se perdre dans la cohue. Il y a tant de fantômes dans les gares.

Ils ont passé le contrôle. Les gendarmes. La permission visée. À gauche ceux qui vont à Paris. Par ici, ceux qui prendront un autre train. « Le tien part de Saint-Lazare dans une heure. Traîne pas en route », « Villefranche-de-Rouergue ? Demain sept heures, gare d'Austerlitz ». Celui-là verra la salle des pas perdus, le métro aux banquettes de bois et un bras de Seine entre deux ponts. Il attendra l'aube sur un banc, Jardin des plantes, en écoutant les tigres dans leur prison. À trois heures, un garde municipal le secouera : « Ton titre de permission ! » On le lui aura demandé dix fois. Dix fois, il aura exhibé le papier froissé pour le ranger, une fois encore, dans son portefeuille, entre une lettre et la photo de sa mère. Il dira merci et portera la main à son calot, parce qu'on ne sait jamais. Puis il roulera une cigarette en regardant le garde contrôler un autre biffin en attente de Rodez ou de Carcassonne. En léchant la feuille de Job, il pensera qu'il emmerde bien fort la maréchaussée. Que des coups de pied au cul se perdent, et que le brodequin d'un tonnelier ferait merveille dans le derche d'un flic.

Quand il essaiera de se rendormir, quatre silhouettes auront depuis longtemps rejoint leur destin. Carton sera à Suresnes. Il loge près des vignes où il est maraîcher. Le lieutenant vit aux Batignolles, à une station de la Cité des Fleurs. Chaque semaine, il y enseignait le grec et le latin au fils d'une jolie veuve dont les manières l'enchantaient. *Rosa la rose* en col Claudine.

Jonas et Ferchot ne devaient pas être là. Le règlement est formel. Seuls les poilus parisiens séjournent à Paris. Les autres n'ont rien à y faire. Trop de soldats dans les rues, trop de troubles, trop d'aigrefins à l'affût de l'arnaque. Plus d'un conscrit ignorant de la capitale s'est retrouvé plumé comme une volaille. Qu'ils emportent leurs gros sabots vers le Médoc, la Bretagne ou le Dauphiné, et les vaches seront bien gardées. Pour passer le contrôle, il leur aura fallu un certificat d'hébergement. « Mon oncle est ébéniste faubourg Saint-Antoine », « Ma sœur a marié un poinçonneur de la CMP ». Les faux documents se vendent sous le manteau.

Une fois débarqués, que sont-ils devenus ?

Sur le papier, le capitaine Duparc a tracé des lignes qui relient les quatre hommes. Elles n'ont pas plus d'existence qu'un écheveau de songe-creux.

Zone du front, hôpital d'opération et d'évacuation

J'ai plus mal.
J'ai perdu tant de sang.
Je suis vidé. Mon sac est léger.
J'ai plus mal et je fiche mon camp.
Dans les jardins d'mon père, les lilas sont fleuris…
Je rentre à la maison.
C'est moi, là.
Petit bonhomme qui part.
Loin… Loin…
Salut, les gars. Au revoir, à tertous !
Je mets les bouts.
Adieu les frangins.
Plus mal.
Plus de fusil.
Plus de sang.
C'est bien fini, et pour toujours, de cette guerre infâme.
Vous bilez pas. Laissez filer.
Je glisse entre vos doigts.
Je suis l'eau qui coule.
Doucement, doucement.
Vers la mer.

Doucement.
Je m'en retourne.
À la lumière...

...

...

...

Ça y est ! On l'a perdu…

Laissez tomber. Ce n'est plus la peine.

…

Ne vous obstinez pas, ça ne sert plus à rien…

Ho ! Ma sœur, vous m'entendez ? Arrêtez ! Il est mort. Vous ne voyez pas qu'il est mort ? Ma sœur ! Hé !

Vous avez fait tout ce qui était possible. Laissez-le à présent. Venez, la souffrance l'a quitté…

Venez, vous prierez pour lui.

Son nom ? Ce n'est plus notre affaire… Soit. Sa plaque, là…

Carton. Eugène Carton… Un de plus sur la liste. Dites-vous qu'il a rejoint votre paradis… De vous à moi, c'est ce qui pouvait lui arriver de mieux… Venez, à présent. Vous avez besoin de repos.

C'est un ordre ! Il vous faut dormir quelques heures. Sans cela, vous ne tiendrez pas.

Hé ! Que faites-vous ? Laissez, vous dis-je, cela ne nous incombe pas. La famille sera prévenue bien assez tôt.

Quelle lettre ? Dans sa poche ? Bon, si vous voulez… Mais venez. L'air vous fera du bien. Vous êtes livide.

Une cigarette, ma sœur ?

…Vous êtes drôle quand vous fumez… À la bonne heure, vous voici moins pâle. Le rose à vos joues vous va à ravir…

Allons, quoi, cette lettre ? Qu'a-t-elle ? Donnez-la-moi…

… Mmmh… évidemment… c'est la lettre d'un homme… à une femme… Certes… Ma foi, vous en lirez d'autres… Non, je me suis mal exprimé. Je voulais dire, ce genre de lettre est dans l'ordre des choses. Nos soldats ne sont pas des moines…

Bien, nous voilà devant un dilemme, cette lettre n'a pas été expédiée. Alors, que devons-nous faire ? La dame n'est peut-être pas… Enfin, vous voyez… L'armée avertit les proches que les soldats mentionnent… Ce que je veux dire ? Eh bien que cela vaut pour les compagnes, les épouses… Il y a les officielles et les autres… Ah ! La mine outrée ! Vous récupérez… Maintenant, ma sœur, faites-moi le plaisir de vous reposer. Il suffit ! Je vous veux en état de marche. J'ai besoin de vous…

Allez, nous remettrons ce pli au sous-officier chargé des familles. Il en fera ce qu'il jugera bon…

Adjudant de semaine Bravin

C'est le major chirurgien à l'HOE qui m'a remis la lettre, capitaine Duparc. Il était accompagné d'une bonne sœur. Ça m'a fait sourire, parce que côté bondieuserie, le major…

La lettre est du soldat Eugène Carton, mais on avait déjà sa mère à prévenir. C'est elle qu'il nous avait indiquée. En cas de décès, on ne peut pas aviser toute la famille. Surtout quand elle est de la main gauche. J'ai parcouru la lettre, c'est toujours embêtant ces histoires. On a beau être habitué, on ne peut pas s'empêcher de penser à toutes celles qui ne seront jamais prévenues. À force que le facteur ne s'arrête plus chez elles, elles comprennent. Mais ce n'est pas pareil. Il y a toujours le doute.

Et s'il était prisonnier, blessé, sans pouvoir écrire, amnésique… Avec ces idées-là, vous ne pouvez pas empêcher l'espoir de faire du yoyo. C'est terrible, parce que, à la place de la douleur, c'est l'angoisse qui mène la danse. À force, le chagrin prend la place, mais il n'est jamais franc. Il vous étiole comme une maladie de langueur. Le monde n'a plus ni rime ni raison. Ces femmes-là, mon capitaine, si les mots ont un sens, j'en ai vu qui se fanaient. Vraiment. Elles devenaient comme des fleurs séchées.

Pour vous dire que ce genre de lettres ne devrait jamais vous passer entre les mains. Celle-là, vous verrez, est corsée. L'amour a autant de couleurs que de positions. Là, on le dira rouge piment. Les enveloppes renferment souvent des épices, vous voyez ce que je veux dire... Les mots qu'on s'envoie sur l'oreiller, on les couche aussi sur le papier.

Le nom de la dame et son adresse ne m'étaient pas étrangers, mais je n'ai pas percuté. C'est le lendemain que ça m'est revenu. Je les avais lus dans le journal. J'ai fait le rapprochement avec qui vous savez... Bien sûr : Jonas. Les nouvelles circulent. Surtout de pareilles. Déjà, l'affaire du lieutenant... Alors un crime, la police qui s'apprête à débarquer... Ça ne risquait pas de rester secret... Tout ça pour vous dire que je vous ai apporté la lettre.

Pourquoi à vous et pas au colonel ? Vous êtes l'avocat de Jonas. On dit qu'il a égorgé sa marraine. Alors, quand j'ai vu ce que Carton et la dame s'écrivaient, je me suis dit qu'elle n'avait peut-être pas qu'un filleul. J'ignore si tout ça a rapport au tourniquet, mais j'ai pensé que vous étiez le mieux placé pour le dire.

Septième interrogatoire du soldat Jonas par le capitaine Duparc

— Jonas, nous tenons peut-être enfin un élément de nature à tout changer.

— Lequel, mon capitaine ? Lequel ?

— Nous avons peu de temps. Il nous faut revenir sur votre permission, à Paris.

— Pourquoi ?

— Écoutez-moi. Tout concourt à vous rendre coupable de l'assassinat du lieutenant Landry. Pour le conseil, l'affaire est entendue. Il lui faut un exemple. Il n'a nulle envie de vous voir lui échapper pour répondre à l'enquête ouverte sur le meurtre de votre marraine…

— Pourquoi le meurtre de ma marraine ?

— Mais bon sang, Jonas, la police vous suspecte. Le conseil ne lui laissera pas le temps de boucler son enquête. À moins que nous n'arrivions à l'ébranler dans sa certitude. À le faire douter de votre culpabilité dans la mort de Landry. Notre seule chance est d'introduire un coin dans l'édifice. Et ce coin est peut-être à portée de main.

— Qu'est-ce que c'est ?

— Une lettre. De nature à déstabiliser la cour. Votre marraine entretenait des rapports, au moins épistolaires, avec un autre de vos compagnons.

— Hein ?

— Carton.

— Carton ?

— Il était en permission à Paris en même temps que vous.

— Lui et elle ?

— Il se trouve que son témoignage relatant vos menaces à l'encontre du lieutenant Landry est essentiel à l'accusation. Si nous arrivons à jeter un élément de trouble à son propos…

— …

— Le témoignage de Carton paraîtra beaucoup moins spontané s'il avait un motif de vous en vouloir.

— Lequel ?

— La jalousie.

— À cause d'une vieille ?

— Comme vous, il devait l'ignorer, nous pouvons donc invoquer la jalousie pour discréditer son témoignage.

— Faudrait qu'il ait su qu'on s'écrivait.

— Nous ferons avec ce que nous avons. Votre marraine a deux amants de cœur. Carton est le second, il vous accuse d'avoir proféré des menaces à l'encontre du lieutenant… Les choses semblent déjà moins nettes…

— Puisque vous le dites, mon capitaine.

— Le caporal Bohman a rencontré le garçon de café dont les déclarations vous mettent en cause. Il est formel : ce n'est pas vous qu'il a vu ce jour-là.

— Ah !

— Jonas, cela ne change peut-être rien. Mais faites un effort. Rappelez-vous. Qu'avez-vous vu en arrivant chez cette femme ?

— C'est difficile, comme ça… J'ai ouvert la porte…

— Vous aviez la clé ?

— Non, non. J'étais jamais venu avant. Elle était entrebâillée, j'ai eu qu'à la pousser… J'ai demandé : « Y a quelqu'un ? » Pas de réponse. Je suis entré dans le salon. J'ai demandé encore : « Y a quelqu'un ? » C'était bizarre…

— Quoi ? Qu'est-ce qui était bizarre ?

— Ma voix dans le silence, la porte ouverte… J'ai fait un pas, un miroir a reflété la chambre. Le lit était sens dessus dessous. Les draps traînaient sur le parquet, ils avaient de grandes taches rouges… Je me suis avancé, et je l'ai vue… Je sais pas ce qui était le plus affreux, les marques qu'elle avait partout, le sang dans la pièce ou son corps…

— Son corps…

— Une vieille, mon capitaine, c'était une vieille. J'ai vu la momie, une fois, au Muséum, elle était pareille. La peau ratatinée, et son visage… une grimace. Avec ça, des cheveux blancs, comme du crin. On dit que les cheveux poussent encore après la mort. Ils doivent ressembler aux siens. Mais le plus terrible c'était… ce qu'il y a d'intime… J'ai pensé : c'est pas elle. Je me suis dit qu'elle vivait chez sa mère, que j'avais fait erreur. Et puis j'ai compris. Je sais pas comment, je sais pas pourquoi, mais soudain j'ai compris. Elle a gémi…

— Elle n'était pas morte ?

— Je me suis approché. Son souffle raclait comme s'il peinait à se frayer un chemin… Elle a ouvert les yeux. Elle a dû me prendre pour l'autre, l'assassin, parce qu'elle les a écarquillés comme si elle avait vu le diable. « Ayez pas peur », j'ai dit. Elle allait crier. J'ai posé ma main sur sa bouche pour l'empêcher. Je voulais pas l'entendre, vous comprenez, je voulais pas. J'ai eu envie de la rouer de coups. Depuis des mois j'avais écrit à un fantôme. Même ça, c'était du mensonge… Je crois que c'est à ce moment-là qu'elle est morte.

— Jonas !

— Quoi ? Je sais ce que vous vous dites, allez ! Qu'elle aurait pu s'en sortir, que je l'ai étouffée… Elle était saignée à blanc, mon capitaine. À blanc ! Et pourtant vous croyez que j'y ai pas pensé ? Que ça me vient pas la nuit ?

— Continuez…

— J'ai récupéré mes lettres et je me suis enfui. Je sais, j'aurais pu prévenir la police. Je l'ai pas fait. Est-ce qu'on sait, dans ces moments-là ?… J'avais rendez-vous avec Ferchot. Je l'ai loupé, j'ai traîné…

— Deux jours ?

— Je savais pas où aller. J'avais le dégoût, la peur aussi. Devant une charcuterie, un type m'a appelé. Y avait un attroupement, j'ai cru qu'ils en avaient après moi. Je me suis sauvé. J'ai dormi dehors. Après, je suis retourné à la gare. J'ai retrouvé Ferchot. Il m'a emmené au bistrot. Puis on a repris le train…

— Rien d'autre ?

— Non, rien.

— Vous souvenez-vous de l'escarmouche au lieu dit le cabaret de la Belle Femme ?

— Oui.

— Et du cauchemar rapporté par votre caporal ?

— Je sais pas.

— « Tout du sang partout ! La belle femme pisse son sang, mon lieutenant. »

— Ce rêve-là, il me poursuit. J'en ai peur de dormir, mon capitaine.

— Pourquoi avez-vous dit « mon lieutenant » ?

— Est-ce que je sais ? Les rêves…

— S'agissait-il du lieutenant Landry ?

— Peut-être.

— Pourquoi lui ?

— Dans les rêves, tout se mélange. Des morceaux de vrai, des souvenirs, des choses qu'on invente en dormant. On dit que la cervelle est jamais en repos. Le repos, vous savez encore ce que c'est, mon capitaine ? Moi, j'ai oublié il y a longtemps…

Paris, deux mois plus tôt

Le sang sur la faïence évoque une aquarelle. Dilué dans l'eau qui ruisselle, il vire du rouge au rose. De plus en plus pâle, épousant une savante palette de dégradés. L'homme a pensé à ces tissus moirés qu'on débite chez les marchands d'étoffe. Puis il a fermé les yeux, laissant la vapeur le submerger. Lorsqu'il les a rouverts, le sang avait disparu, emporté dans le tourbillon du siphon sous ses pieds. Le sang reviendrait. Il revient toujours. Mais cette fois encore il s'était dissipé comme un mirage.

L'homme avait cessé de trembler. Il a levé le visage vers la douche, goûtant l'eau comme une délivrance. Il s'est souvenu des images pieuses des missels. Les flots du Jourdain. Les pécheurs lavés. Les mômeries auxquelles il avait cru, il les a espérées. Il a attendu. Rien n'est venu. À tâtons, la vue brouillée par un rideau liquide, il a empoigné le robinet. Il a ouvert le débit d'eau chaude. Lentement. Jusqu'à la sentir bouillante sur son dos.

Une sensation de vide l'avait envahi. Il savait la brûlure, en avait pleine conscience, mais toute douleur lui était étrangère.

« Le choc, je suis en état de choc. »

La pensée lui est venue clairement. Pourtant, il ne pouvait en tirer la moindre conséquence. Il s'ébouillantait, cela aussi, il le comprenait, mais il ne faisait aucun geste. Pour vérifier qu'il n'était pas paralysé, il avait ordonné à sa main de se lever. Elle avait parfaitement répondu. Aussi bien, il aurait pu lui commander de retomber contre son flanc. Mais à quoi bon ? Il était resté la main en l'air, sous l'eau brûlante.

La vapeur, débordant de la cabine, avait envahi la salle comme dans ces bains turcs des gravures orientalistes. Elle s'insinuait dans les couloirs, flottant jusqu'à la réception.

— Qu'est-ce qui se passe ?

Quand le garçon de bains était accouru, une haie d'usagers ceints dans leur serviette regardaient, interdits, l'homme s'ébouillanter sans exprimer la moindre souffrance.

— Nom de Dieu !

Le garçon les avait écartés sans ménagement. L'eau coupée, il fixait à son tour l'étrange client étranger au monde.

— Ça va, monsieur ?

L'homme, écarlate, demeurait silencieux.

— Il faudrait peut-être appeler un médecin…

On l'entourait. On posait la main sur lui. Il avait sursauté :

— Lâchez-moi !

Son cri avait surpris. Les curieux s'étaient reculés, ce n'était pas un cri de douleur.

— Poussez-vous, foutez-moi la paix !

Il avait raflé son uniforme.

C'était donc ça. Un poilu. Pauvres gars. La guerre en a déboussolé plus d'un. On avait soupiré, hoché la tête, les temps étaient bien bouleversés qui changeaient ainsi les hommes.

Ils compatissaient sans mot dire. Leur gêne d'avoir percé l'intimité d'un être s'effaçait sous le sentiment de leur importance nouvelle : ils avaient été témoins d'un fait singulier. Déjà, les mots s'ordonnaient pour qui le raconterait. Au bureau, au café, chez eux lorsqu'ils rentreraient.

Tandis qu'ils se dispersaient, l'homme s'était vêtu à la hâte. Puis il était sorti, fuyant et muet.

— En dix ans de bains, je n'avais encore jamais vu ça. Pourtant…

Le réceptionniste prenait un gros homme à témoin. Un courtier en bourse ajustait son faux col.

— Les nerfs, ce sont les nerfs. C'est terrible, les nerfs. Mon cousin est infirmier à la Salpêtrière, si je vous disais ce qu'il me raconte…

— Parfois on se demande…

— Je ne vous le fais pas dire.

— Tout de même, il a dû en voir pour être dans cet état.

— Notez qu'il pouvait être dérangé avant. On ne le sait pas forcément. Le cerveau, c'est comme un verre fêlé, on ne voit rien et *toc !* soudain, tout se brise.

— Le 334e d'infanterie, il est où ?

— C'est son régiment ?

— Si j'en crois sa capote, oui.

— Vous avez l'œil.

— Dame, dix ans de bains…

— Chemin des Dames.
— Pardon ?
— Le 334e est au Chemin des Dames, mon beau-frère y sert lui aussi.
— Permettez-moi de m'incliner, monsieur.
— Merci, monsieur.
— Personnellement, je suis mobilisé au ministère…
— Il est mille façons de servir son pays.
— Son unité…
— L'unité du pays est entière. Les défaitistes ne l'ont pas entamée, Dieu merci.
— Non, je voulais dire son régiment…
— Pardonnez-moi, mais de quoi parlez-vous ?
— Cet homme, il serait peut-être bon d'avertir son régiment. Son comportement, ses nerfs, supposez qu'ils craquent à nouveau sur le front… Son unité est en droit de savoir.
— Ma foi, vous avez raison.
— Les nerfs, c'est imprévisible.
— Vous qui êtes au ministère, monsieur…
— Bien sûr, bien sûr… je me demande simplement… Le ministère de l'Agriculture est-il le mieux placé… ?
— Vous n'êtes pas à celui de la Guerre ?
— Pas précisément…
— Si vous le permettez, messieurs, je peux m'en charger.
— Vous, Célestin ?
— Je connais un officier du 334e.
— Ah ?

— Dame, dix ans de bains. Il habite à deux pas et venait souvent ici. À l'occasion de ses permissions, certes rares, il fréquente toujours l'établissement… Je peux me charger de lui envoyer un pli.

— Bien, bien, voilà qui est parfait. Cela manquera peut-être de précisions, mais, ma foi…

— Des précisions ?

— Oui, on peut supposer que notre homme n'est pas seul à être en permission aujourd'hui. Notre information n'étant, somme toute, pas capitale, votre officier aura, pardonnez-moi, Célestin, sans doute d'autres chats à fouetter…

— Bien sûr, je ne me serais pas proposé si je n'avais que cela…

— Quoi d'autre ?

— Son nom.

— Mais comment diable… ?

— Sa plaque, messieurs, sa plaque. Vous ne l'avez pas vue ?

— Eh bien…

— Moi, n'est-ce pas, j'ai l'œil.

— Vous voulez dire…

— Dame, dix ans de bains…

Lieutenant Bricourt

La permission de Landry ? C'était quasiment sa première, mon capitaine. Nous avons pris le train ensemble. Je me souviens que nous avons parlé de Péguy et de Pindare… Nous sommes tous deux normaliens. Landry avançait qu'on doit à Pindare le « deviens ce que tu es ». Selon lui, c'est à tort qu'on l'attribue à Nietzsche…

Arrivés à Paris, nous nous sommes séparés. Il ne le montrait pas, bien sûr, mais l'idée de retrouver les siens le rendait heureux comme un enfant. Je crois aussi qu'une bonne amie participait de sa joie, mais Landry n'était pas du genre à afficher ses affaires de cœur. Discret. Oui, le mot est juste.

Une fois rentrés, il ne m'a rien dit pouvant faire penser que son séjour avait été marqué d'un quelconque événement. Du moins, rien qui puisse avoir un rapport avec… enfin… avec ce qui allait lui arriver. Non, j'ai beau y repenser…

J'avoue que je ne m'étais jamais posé cette question…

Puis-je vous demander pourquoi ?

Évidemment, si la raison de sa mort prenait sa source loin du front, peut-être serait-elle moins inexplicable… Depuis notre dernier entretien, j'ai tout réexaminé. Je l'ai fait sous l'angle que je refusais d'envisager. Celui d'une vengeance. Je n'ai rien trouvé de plus. Maintenant, s'il s'agit d'un événement survenu à l'arrière, je crains de ne pas être très utile. Si Landry m'avait dit quoi que ce soit au sujet de sa permission, je m'en souviendrais. Du moins, je le crois…

La seule chose qui puisse avoir un rapport, même lointain, est ce pli reçu d'une vague connaissance. Un employé des bains que Landry fréquentait lui avait écrit. Il en avait été surpris, n'entretenant avec lui aucune relation. L'homme l'informait d'un incident survenu dans son établissement. Il impliquait un soldat et lui faisait craindre un dérèglement des nerfs susceptible de se révéler dangereux pour l'intéressé et ses camarades. Le soldat en question était resté sous une douche brûlante sans paraître ressentir la moindre douleur. La lettre le décrivait anesthésié, sans la conscience qu'il s'ébouillantait. Landry avait sollicité mon avis.

J'ai été témoin d'un cas similaire. Un sapeur, revenu seul survivant d'une mission et qui avait subi pendant deux jours un tir d'artillerie. Il avait rampé dans les barbelés jusqu'à s'en déchirer entièrement la peau. Son torse n'était plus qu'une plaie. Ses os saillaient. Malgré cela, l'homme semblait ne rien ressentir. Évacué au poste de soins, il est resté prostré trois jours durant. Le quatrième, il abattait l'infirmier venu le panser et se tirait une balle dans la tête.

L'incident relaté par le garçon de bains datait d'une bonne semaine. Un état de choc ne dure pas aussi longtemps. Qu'il se soit produit pendant une permission pouvait évoquer un ébranlement nerveux persistant. La prudence semblait s'imposer. J'ai conseillé à Landry de voir le soldat et de s'en ouvrir au major.

Paris,
deux mois plus tôt

C'est une vieille ! D'abord, il a cru à une méprise. Il allait s'excuser, mais la stupeur dans ses yeux l'a frappé… La femme semblait pétrifiée. Elle a porté la main à ses cheveux, comme pour cacher leur blancheur. Une main ridée, semée de taches brunâtres. Cette main-là lui écrivait, il en a la certitude. C'est un violent dégoût qui lui vient. D'elle, de lui. De tout ce qu'ils s'étaient dit dans leurs lettres.

La femme s'est mise à trembler. Pas de peur, oh non, pas encore. Son tremblement a entrouvert son peignoir. Malgré lui, il y plonge le regard. Sa poitrine creuse, ses os, sa peau flétrie. Voilà avec quoi, mille fois en rêve, il a fait l'amour.

La femme pleure, maintenant. Des larmes silencieuses. Aucun son ne franchit sa gorge. Aucun mot ne pourra expliquer. Ses lettres… Elle était jeune une dernière fois. À l'abri du papier, comme sous une voilette, elle avait murmuré ce qu'elle croyait mort. Chaque jour, elle se répétait leurs phrases et c'était une jouvence. Un sang neuf et chaud coulait en elle. Il lui montait aux joues quand leurs mots se faisaient précis. À d'autres moments, ils l'agaçaient de doubles sens. Lus, relus, la raison égarée entre les lignes, depuis longtemps perdue, et c'était délicieux.

Quand le facteur ignorait sa porte, le manque suintait, comme une plaie vive. Un étouffement. Elle allait de la table au fauteuil. Revenait, ébauchait des gestes qu'elle laissait suspendus. Elle ouvrait la fenêtre, écoutait les bruits du dehors. Enfin, n'y tenant plus, elle sortait sans savoir où. Au cœur, un espoir fou. Il s'effilochait au coin des rues. Lorsqu'il n'en restait plus rien, elle rentrait. Vide et lasse.

Elle dormait peu, d'un mauvais sommeil. Le jour la trouvait usée. Le miroir reflétait ses rides et ses yeux sans éclat. Elle voulait écrire, les mots s'emmêlaient. Gauches, tour à tour ternes ou emphatiques. Les ratures, les feuilles froissées, déchirées, jetées au panier. L'encrier cent fois rebouché. Et l'atroce certitude qu'il ne reviendrait plus… La terre se gorgeait de princes aux bois dormants.

Elle s'imaginait veuve, frêle et noire sous le deuil, fleurissant des tombeaux chimériques. Elle se voyait agenouillée dans la pénombre des cloîtres. La lumière pâle des vitraux la transfigurait. Elle s'enivrait de pénitences. Il lui venait des extases mystiques qui la laissaient brisée comme après l'amour. Aussi soudainement, elle reprenait pied et sa vie retournait à l'hiver. Alors, comme on cherche l'oubli dans cette morphine dont l'usage se répandait, elle saisissait sa plume et partait vers de nouveaux rêves.

Les petites annonces en contenaient tant.

Le soldat, en entrant, les a anéantis. « C'est une vieille ! » Elle lit en lui comme dans ses lettres. Mais plus encore, elle s'est vue dans son regard. L'homme ne comprend rien de tout cela. Il lance des mots qu'elle n'entend pas. Son poing qui s'abat, peut-être l'attendait-elle ?

Le coup l'a sonnée. Le bourdonnement à ses tempes, sa vision brouillée, et ce halo rouge… C'est une correction, elle pense. Il lui vient des images à deux sous. Un apache avoine sa gigolette. La gravure d'un roman illustré. Les barrières et cette Casque d'or qui avait enflammé Paris. A-t-elle souri ? Il a frappé plus fort.

— Tu te fous de moi, en plus ?

La douleur s'est réveillée. Fulgurante. Avec elle, un jet de bile. Elle l'a vomi, tordue sur le lit où elle est tombée. Sur l'homme, aussi, qui s'acharnait.

— Dégueulasse !

Il frappe. Sur ses rêves, brisés, à lui aussi. Sa fierté de mâle bafouée, son refus d'accepter et, par-dessus tout, la guerre qui avait fait ça.

— Saleté ! Pourriture !

Il ne savait plus sur quoi il cognait. Mais ce qu'il voyait, il fallait l'effacer. Déchirer les images comme on se défait d'un lien. Il avait sorti son couteau et il avait frappé, au hasard. Sur elle, sur lui, sur les Boches, sur l'horreur. Sur la mort.

Quand il avait cessé, elle ne bougeait plus, son corps couvert d'entailles en guirlandes de sang. Il s'était mis à trembler, comme on tremble sous la fièvre. Puis le calme revenu l'avait surpris. Il ne ressentait plus rien. Ni regret, ni douleur, ni peur. Il n'était plus qu'un grand vide.

Major Campion, médecin-chef

Peu de temps avant sa mort, j'ai reçu le lieutenant Landry, en effet. Il avait sollicité mon avis sur un de ses hommes susceptible de souffrir d'un traumatisme psychologique… C'est bien cela, capitaine. Oui, un soldat qu'un employé de bains publics lui avait signalé.

Sans l'inquiéter plus que de raison, je lui ai conseillé d'observer une certaine prudence. Le symptôme qu'il décrivait n'est jamais à prendre à la légère. Il évoquait un *shell-shock.* Les dégâts intérieurs causés par ce que nous appelons le choc de l'obus sont certes moins visibles que le ravage des corps. Ils sont tout aussi destructeurs. Ce sont les Anglais qui ont, les premiers, observé le phénomène. Les poilus lui ont vite trouvé une traduction imagée : l'obusite. Pour un peu, le mot prêterait à sourire. Ne vous y fiez pas. Ceux qui en sont atteints n'en reviennent pas toujours. Le vide de leur regard en témoigne. Pour l'avoir sondé, je puis vous dire qu'il est sans fond. Comme s'ils n'avaient plus rien en eux-mêmes. Connaissez-vous cette légende des zombies qui nous vient des Antilles ? Ce sont des morts ressuscités par quelque pouvoir magique. Ils marchent, travaillent, obéissent. Ils n'en sont pas plus vivants pour autant. Les soldats *shell-shockés* sont ainsi. Certains resteront à jamais dans ces contrées où nul ne peut les rejoindre. D'autres se réveilleront. Du moins en donneront-ils l'apparence, on ne revient pas indemne du néant. Si l'on pouvait radiographier les âmes, celles-là ressembleraient à des décombres… Les édifices bombardés qui tiennent encore debout semblent toujours défier les lois de l'équilibre. Question de temps. Ils s'écrouleront un jour sous le souffle du vent, les gouttes d'une averse ou le poids d'un oiseau de nuit. Les blessés de l'intérieur font de même.

Vous connaissez le poème de Sully Prudhomme, « Le vase où meurt cette verveine, d'un coup d'éventail fut brisé… ». Les coups de canon sont autrement plus terribles que l'accessoire féminin. Ils ont pourtant un point commun. Leurs ravages ne sont pas tous immédiats.

L'épisode de la douche relaté par le correspondant du lieutenant faisait redouter un état aux effets aussi différés qu'imprévisibles. Landry avait questionné son homme. Celui-ci s'était montré troublé. Fermé. Ses réponses hésitantes. Selon Landry, l'homme était en proie à des cauchemars… J'ai conseillé au lieutenant de me l'envoyer pour un examen.

Qu'avez-vous, capitaine ? Cette pâleur… Si j'ai vu l'homme ? Non. Il n'est jamais venu. Je comptais m'en enquérir. La mort aura été la plus rapide. Pauvre

Landry. Finir ainsi… Le nom du soldat ? Bien sûr, je dois pouvoir le retrouver… Non, je n'ai pas vérifié s'il avait déjà fait l'objet de soins. Qui ? Jonas ?… Non, je m'en serais souvenu… À coup sûr, je m'en serais souvenu.

Salle du conseil de guerre

Le fusil est astiqué. La baïonnette fichée à son canon. Le casque brille comme une cuirasse… Il a fallu de la salive pour faire reluire tout ce saint-frusquin. Mais cracher sur son flingot fait passer la corvée. Un glaviot pour le commandant, un mollard pour le colonel, un gluau sur la saleté du monde. C'est de bon cœur et c'est permis. Une fois qu'on a juté bien comme il faut, qu'il reste plus un postillon à balancer, on voudrait passer à autre chose. Peine perdue. Quoi qu'on fasse, l'aiguille des heures ne tourne pas plus vite.

Dans la cour, la fenêtre de la cellule découpe un rectangle lumineux. Tout à l'heure, elle va s'éteindre mais le noir n'abritera qu'un mauvais sommeil. Coulant de suées, haché de soubresauts, de retournements, hanté de pensées en fatras, d'espoirs fous et d'abattements. Avec l'angoisse qui tord les tripes quand les boyaux se mettent au diapason.

Salle de garde, le poilu de corvée se dit que c'est misère de voir ça. Son fusil nettoyé, faudrait pas le pousser pour qu'il le jette aux cochons, aux orties ou aux gueules de vaches qui arpentent la campagne. Un doigt au képi — « Qu'est-ce que vous faites ici, soldat ? » —, l'autre à la crosse du pétard déjà sortie de l'étui. On le foutrait n'importe où, le Lebel rutilant, et de préférence sa baïonnette en avant, en plein bide de gendarme. Mais tout ça restera entre nous. Dans la tête. Un petit cinéma qui tourne en rond, à la va-comme-je-te-pousse. Demain, on sera bien gentil. Soldat sage comme une image. Poilu de carte postale. Garde à vous, présentez armes. Droit sous toutes les coutures. Obéissant sur toute la ligne. On aura beau se dire : « Tas de salauds, pourris, galonnards de mes couilles », on saluera dans un claquement de talons.

Les officiers entreront dans la salle du conseil comme au théâtre. Ils vont humer l'atmosphère. La pièce sera-t-elle bonne ? Le final réussi ? Pas de queue-de-poisson, pas d'eau de boudin ! Du bleu-blanc-rouge. Le beau feu d'artifice ! Monocle à l'œil, poitrine martiale et bacchantes amidonnées. Du raide, du ferme. Craquant du cuir et de la jointure. Belle plaidoirie, mon cher. Pas un mot de trop. Et la phrase qui pèse son poids. C'est l'honneur qui passe dans l'air comme un dirigeable. Un gros ballon gonflé.

Sur la table drapée où trône le Code, les juges poseront leurs gants. Ça fera un petit bouquet de mains molles. Le drapeau, derrière, aura la belle place. Ses plis ordonnés et sa poussière comme un encens.

Sur son banc, entre deux soldats qui donneraient leur tour de perme pour être ailleurs, Jonas aura sa tête de coupable. Il ne saura pas où poser les yeux. Il regardera ses pieds, puis son défenseur. Il espérera un signe, comme un chien attend un geste de son maître. À la dérobée, il reluquera l'assistance.

On lui trouvera l'air sournois. Ses efforts pour se redresser indisposeront. À la lecture de l'acte d'accusation, il se lèvera à contretemps et restera debout quand il faut se rasseoir.

Le colonel jouera les grosses ficelles. Les assesseurs feront une belle brochette. Et les dés seront jetés depuis belle lurette.

Il voit déjà tout ça, le soldat au fusil nickel. À l'heure dite, il ira chercher Jonas pour le conduire devant la cour. C'est tombé sur lui. Vaut mieux ça qu'un obus, il pense. Mais au final, il se demande.

Il dira des mots à la noix. Ceux qui lui viennent. « Reste bien droit. Quand ils t'interrogent, articule. Regarde-les en face, mais cherche pas leurs yeux. » C'est des conseils en peau de lapin. Mais quoi d'autre ? Il reste vingt mètres à parcourir. « Duparc est au poil, t'as du pot de l'avoir. » Bordel, il songera, que peut-on dire sur vingt mètres ? Il fourrera ses clopes dans la poche de Jonas. « De la part des copains. »

Et il ouvrira la porte.

Ce sera bientôt. « Merde », il murmure en regardant son fusil astiqué. Il voudrait croire que Jonas a buté le petit lieutenant, ce serait peut-être plus facile. Mais la fenêtre de la cellule vient de s'éteindre. Sur son galetas, Tranchecaille tremble de froid.

Fait chier, pense le soldat. Et vraiment, c'est tout ce qu'il peut dire.

Caporal Burel, fourrier

Les effets personnels du lieutenant Landry ? Ils doivent être ici, mon capitaine.

Pouvez-vous patienter un instant ?

…

Voilà… Uniforme… Pistolet… Boussole… Sifflet… Un manuel topographique… Un couteau modèle Opinel… Une paire de jumelles.

Pardon ? Non. Je suis désolé, je ne vois rien d'autre…

C'est exact, mon capitaine, il n'y a rien là de vraiment personnel. Je vais m'en informer, mon capitaine. Je vous demande quelques minutes.

…

Mon capitaine, voici la liste établie après le décès du lieutenant.

Un jeu d'échecs, modèle de voyage, un dictionnaire de grec ancien, un livre… Pandore… Pardon ? Pindare, c'est cela… Une montre-bracelet, une chaîne de cou portant médaillon, une chevalière, une pipe, type brûle-gueule, un portefeuille, quatre photographies, un carnet et son crayon… et enfin, des lettres.

Voilà, tout est là…

Vous souhaitez prendre connaissance du courrier appartenant au lieutenant Landry ? Je vais voir. Oui mon capitaine, immédiatement. À vos ordres…

…

Mon capitaine, le courrier du lieutenant, ainsi que ses effets, a été envoyé à ses parents. Si j'en crois le registre, cela date d'hier…

Je suis navré, mon capitaine… Pardon ? La lettre d'un établissement de bains ? Je ne saurais vous dire. Tout le courrier a été expédié aux parents du lieutenant Landry. Une enquête ? Quelle enquête ? On ne m'a pas informé de quoi que ce soit, mon capitaine… Une pièce à conviction ? J'ignore de quoi il s'agit…

Oui, mon capitaine.

Je vous présente mes excuses si ce document…

Pardon ?

Bien, mon capitaine. Parfaitement, oui, je crois voir où je peux me les mettre.

À vos ordres, mon capitaine.

Bureau du capitaine Duparc

— Allô, Bohman ? Content de vous entendre. Où en êtes-vous ?

— … pas pu faire de miracle… Désolé…

— Nous aurons tout tenté.

— Les charcutiers ont identifié Jonas…

— Il reconnaît avoir pris la fuite…

— … les employés de la brasserie confirment en revanche le témoignage de Ferchot. Jonas et lui se sont bien pris de bec avec un client… conforte en un sens les dires de mon informateur…

— Allô ? Je ne comprends pas…

— Cela conforte en un sens…

— J'ai entendu, Bohman, mais je ne comprends pas en quoi…

— … vois mal Jonas, après avoir assassiné sa marraine, provoquer des incidents dans tous les bistrots de Paris…

— C'est juste, mais c'est maigre.

— Jonas a été contrôlé par un gardien de la paix le 3 avril. Suis passé à la Tour pointue…

— Quoi ?

— Le Quai des Orfèvres, j'y ai des contacts…

— Quel jour avez-vous dit ?

— … suis passé à la Tour hier…

— Je vous demande quel jour Jonas a été contrôlé.

— Le 3 avril, vers quinze heures… rue Meckert.

— Autant dire près des bains-douches…

— Je vous entends mal… quelles douches ?

— Je vous expliquerai. Autre chose ?

— … peur que non. Il m'aurait fallu du temps…

— À quelle heure part votre train ?.. Parfait, filez aux bains, faubourg Saint-Denis, demandez à voir le garçon qui était de service le 3 avril et montrez-lui la photo… Qu'il vous dise si le soldat à propos duquel il a écrit au lieutenant Landry y figure.

— … écrit au lieutenant à propos d'un soldat ?

— Qu'il l'identifie…

— … capitaine, peut-être m'expliquerez-vous…

— Et ne ratez pas votre train… J'ai besoin de vous ici…

Major Campion, médecin-chef

Navré, capitaine, je ne suis pas parvenu à retrouver le nom du soldat. Peut-être d'ailleurs Landry ne me l'avait-il pas donné. S'il l'avait fait, je l'aurais noté. On ne sonne pas l'alerte à chaque fois qu'un homme présente des troubles, ce serait le branle-bas de combat permanent. Mais tout de même, qu'ils se produisent à l'arrière, hors de toute présence militaire qui plus est, méritait attention. À condition que l'employé des bains n'ait pas exagéré, bien sûr. Vous savez ce qu'il en est, l'espionite et ses dérivés vaudraient eux aussi que la médecine s'y intéresse.

Pourquoi ai-je dit hors de toute présence militaire ? Mais sacrebleu, à cause des simulateurs. Un traumatisme psychique se prête autrement mieux à la comédie qu'une blessure. Physique, j'entends. C'est nettement moins douloureux et, le cas échéant, ne sera pas assimilé à une mutilation volontaire. Mais il est une autre différence. Les *shell-shockés* ne viennent pas d'eux-mêmes consulter. Ils seraient d'ailleurs souvent incapables de trouver le chemin. Non. On les amène. Et pour cela, il faut qu'un camarade, ou un supérieur, soit témoin de leur état. J'imagine mal un tire-au-flanc allant faire son guignol à deux cents kilomètres du front, et dans un endroit où il risque fort de ne pas être remarqué. Car enfin, si le garçon de bains n'avait pas vaguement connu Landry et s'il n'avait pas jugé utile de lui écrire, nous n'en serions pas à nous torturer pour savoir de qui il s'agit.

Cela écarte le simulateur. Donc Jonas par la même occasion.

Oui, Jonas. Vous avez failli m'effrayer, capitaine. Songez, si Landry m'avait informé du nom de ce soldat et qu'il fût celui de Jonas, je n'aurais pu me défaire d'un terrible sentiment de culpabilité. « Et si tu avais convoqué Jonas, et si tu l'avais examiné. » Et si, et si…

D'autant que Jonas était venu consulter. Je vous l'ai dit, il a tout essayé pour se faire porter pâle. Cette fois, c'était la tête. Regardez le registre. Il était escorté de son caporal d'escouade. Vous voyez, je vous le disais, il leur faut un témoin qu'ils abusent. Convaincre son brigadier qu'on a une araignée dans le plafond, c'est un premier pas vers l'exemption. Classique. Le tire-au-cul n'a pas besoin de vous vendre sa salade, son compagnon s'en charge en toute bonne foi. C'est autrement plus crédible. Plus d'un novice s'y est laissé prendre. Mais j'ai le cuir tanné. Un vrai crocodile, mon cher. Il faut une autre musique pour m'émouvoir.

Comment ? Oh, Jonas avait l'air encore plus ahuri qu'à l'accoutumée. C'est tout dire. Le regard bien vide. Un veau. Mou comme une chiffe, les bras ballants, la tremblote, muet, ou à peu près… Le caporal l'avait trouvé dans cet état au retour d'une attaque.

Je l'ai gardé deux heures et je l'ai renvoyé fissa, un motif au derche. Tout ce qu'il y a gagné c'est de remonter en ligne avant son temps.

Pardon ? Permettez… Mettriez-vous en doute mes compétences ? Quelque chose vous y autoriserait-il ? J'étais déjà major quand d'autres faisaient leurs classes. Je sais reconnaître un comédien.

À chacun son poste, capitaine. Je suis médecin et je tiens le mien. Que tous nous en fassions autant et nous pourrons peut-être gagner cette guerre. Maintenant, si vous le permettez, j'ai du travail. Il y a ici de vrais malades et de vrais blessés.

Mes respects, capitaine.

Train de soldats, juin 1917

Le convoi sent la misère humaine. Sa cargaison de troufions cahote vers le front. Retour d'après perme, le cœur en bandoulière. Dans la musette, il bringuebale entre le saucisson et le kil de rouge. C'est du vague à l'âme emporté avec soi, le goût du trop peu et l'odeur du raté. La petite fête comme un soufflé trop cuit, la tendresse mal fagotée et les mots pas dits. Ceux-là, on les a remis dans sa poche avec son mouchoir par-dessus. Le tire-jus sur les sentiments, en éteignoir. On l'a pas agité à la portière. « Non, vaut mieux pas m'accompagner, je préfère qu'on se dise au revoir à la maison. » À peine sorti, on a retrouvé les autres. Les tout pareils. Bleus de la biffe, bleus au palpitant. Ils sont ternes, terreux, les remonte-au-front, entassés dans le chemin de fer. Sur les banquettes il y a de la détresse et du cafard. De la grosse vanne, aussi, qui fuse comme un pet. Histoire de se remettre en jambes. De retrouver ses marques. Sinon quoi. Une boussole déréglée, voilà ce qu'on serait. Alors, franco, le pli sera pris. « Et on s'en fout d'attraper la vérole… » C'est des hommes lourdingues de tout leur fourniment. Le teuf-teuf sur ses rails les emmène au casse-pipe. Ils y retournent sans tralala, la gueule fermée sur l'horizon.

Vous êtes l'un d'eux, caporal Bohman. Mais le seul qui voudrait voir la loco cracher sa vapeur. La vie d'un homme est peut-être entre vos mains. Votre capitaine est un sacré gaillard. La paix revenue, vous pourriez ouvrir une jolie petite agence privée, tous les deux. Duparc et Bohman, un fameux tandem. Il a du nez, le capiston. Ses bains-douches, c'était le bon tuyau. Le type n'avait fait ni une ni deux pour reconnaître son client sur la photo.

— C'est lui, là !

Son doigt, pointé comme l'index de M. Paul. Sur le même visage. Et le nom en prime.

— Carton… Évidemment que je m'en souviens. Je l'ai écrit à ce pauvre lieutenant… Si c'est pas malheureux. Tombé au combat… Bien sûr, mort en héros, mais quand même, ça remplace pas.

Vous ne saurez jamais quoi. Vous l'avez laissé à ses serviettes-éponges pour filer vers la gare. À présent, dans le couloir du wagon, vous regardez le film qui défile par la vitre cassée d'un train à soldats.

Deux petits poilus. Qui est l'un ? Qui est l'autre ? Ils se ressemblent tous sous la capote. Les mêmes chagrins, les mêmes peurs, les mêmes haines. Les rêves au décrochez-moi-ça, la même marraine. Confondus dans le bordel de la guerre. Jonas et Carton. Leurs noms évoquent les couplets d'un comique troupier. « Avec l'ami Bidasse, on n'se quitte jamais, attendu qu'on est tous deux natifs d'Arras, chef lieu du Pas-de-Calais… » C'est du tourlourou à l'hémoglobine. Un tout petit jeu de massacre emboîté dans le grand.

Le lieutenant abattu parce que Carton se croyait découvert, et Jonas en coupable. Le destin est farce. Carton engraisse la terre et Jonas va y passer si la loco n'accélère pas. Vous iriez bien lui enfourner quelques pelletées de charbon. Tiens, du rab, de la vitamine !

Plus que quelques heures avant le tourniquet. Et le tacot souffle comme un asthmatique… Des villages, des gares, des passages à niveau… Des champs… Il les avale à la petite cuillère, ses kilomètres. Magne-toi, le train…

Le conseil se prépare. Les juges s'astiquent la couenne. À en reluire sous les képis.

Des chemins, des haies, des boqueteaux… Maintenant, dans les wagons, ça en écrase. Bercés par le roulis, de gros bébés à bandes molletières roupillent. Sommeils d'angelots vieillis trop tôt. Pioncez, les grivetons. À l'arrivée, le réveil sera mignon. Chacun sa place à la bigorne. En rang par deux, en avant marche !

Par la vitre sale défilent des bourbiers et des poteaux télégraphiques. Loin, là-bas, le peloton fourbit ses armes.

Bureau du commandant de Guermantes

Capitaine Duparc… Toujours votre Jonas entre les crocs… Attention à l'étouffement, certains os ne passent pas. Bayard a failli en crever…

Mon dogue, nom de Dieu ! Mon dogue ! Que viendrait foutre le chevalier dans ce merdier ?

Quoi ? Différer le conseil de guerre ? Pour quelle raison, je vous prie ? L'innocence possible de Jonas ? Un fait nouveau ? Voilà au moins qui est plaisant. Asseyez-vous, mon vieux, mais fermez cette porte, le froid entre ici comme dans un moulin. Bon sang de bois, ne se croirait-on pas en hiver ? Cette fichue guerre aura vraiment tout blackboulé. Il est temps qu'elle s'achève. Nivelle au rancart, Pétain à la barre… à voir ce que ça donne. Mais ça bouge, mon vieux, ça bouge.

… Alors, Jonas ?

Le meurtre de cette femme en rapport avec l'assassinat de Landry ? Foutre ! Quel lièvre vous levez… En voilà un qui n'est pas faisandé… Enfin, Duparc, si c'est ça votre élément nouveau, le général Mangin est un perdreau de l'année… Depuis que la police a sorti cette histoire de marraine, celle du pantalon a pris un coup de vieux. *Old fashion*, mon cher, comme disent les tommies. D'ailleurs, à propos de tommies, passez-moi le whisky… Merci.

Qu'est-ce que je racontais ? Ah oui. Il sent la naphtaline…

Non, pas le whisky ! Savourez, lui, il fleure la tourbe. Nous parlions du pantalon…

Plaît-il ? Jonas n'aurait pas trucidé sa rombière ? Carton ? Quel Carton ? Un de ses camarades ? Ce n'est plus un régiment, c'est un avatar des grandes compagnies. Nos soldats ne sont pas des saints. Ni même des anges. Et les brigands ne servent pas tous chez les Joyeux. Mais pardon, deux coupe-jarrets dans la même unité, c'est fâcheux…

Bien, bien, je vous écoute. Attendez. Pour le faire comme il faut, je me resservirai un whisky…

Voilà. Je suis tout ouïe.

…

Bigre ! Eh bien, quel roman… Jonas et ce… Carton, merci… ils correspondaient avec la même femme dont ils ignoraient tout. Je vous résume, hein ? À l'occasion d'une permission, chacun se rend chez elle, sans savoir, bien sûr, de quel genre d'oiseau il s'agit. Sur ce plan, je peux me mettre à leur place… Carton arrive le premier déjà ébranlé nerveusement, il pique un coup de sang et la tue. Après quoi, il fait sa petite crise dans un établissement de bains, un employé prévient Landry. Inquiet d'un éventuel état de choc chez un de ses soldats, celui-ci interroge Carton. Là-dessus, cauchemar de Jonas. Un et un faisant deux, Carton se croit découvert. Il abat le lieutenant. Jonas est accusé. Entre-temps, *pouf !* Carton meurt au combat…

Vous pouvez produire la preuve de tout ça ?

Ah, ce n'est encore qu'une hypothèse… Vous attendez le retour de votre greffier. Vous l'espérez muni d'une information capitale.

Dommage, j'aimais bien votre histoire. En l'écoutant, j'ai fini mon verre sans même m'en apercevoir… Duparc, je suis désolé mais demain ou après-demain, la police va nous retirer Jonas. Avez-vous songé à l'effet que produira sur l'arrière le récit lamentable de soldats tuant femme et officier. L'armée réduite à un ramassis de déséquilibrés…

Nom de Dieu, Duparc, tous les jours des hommes tombent par centaines. Vous avez lu les chiffres de l'offensive Nivelle ? Plus de quarante mille morts en quatorze jours. Sans parler des disparus. Quant aux blessés, on ne peut même pas les recenser… Et vous êtes là à vous accrocher à votre Jonas. Il sera mort demain. Quoi que vous fassiez. Au poteau ou au feu, quelle importance ?

Voulez-vous que je vous dise ? Vous me fatiguez, Duparc. Crachez votre os. Vous ne l'avez plus entre les dents mais dans la gorge. Ce n'est pas de l'obstination, c'est de l'idée fixe. Vous virez au sur, vous aussi. Comme Jonas, comme Carton… Comme tous ces pauvres types qui n'ont plus rien dans le ventre que la peur.

Bordel, buvez votre verre ! Levez le coude ! Que je vous voie une fois comme tout un chacun ! Vous n'êtes pas différent.

Et passez-moi cette bouteille !

La mort est partout, Duparc. Elle rampe autour de nous. Elle vous mordra le cul, un jour ou l'autre.

Duparc ! Je ne vous ai pas autorisé à vous lever ! Et refermez cette porte ! On gèle ! Nous sommes en juin… Il n'y aura plus jamais d'été, Duparc. Plus jamais. Et l'imbécile dont on m'a gratifié en guise d'ordonnance n'est pas fichu d'y faire quoi que ce soit.

Où ai-je foutu ce…

Ordonnance !

Sais pas pourquoi je m'égosille. Ce crétin n'est jamais là quand on a besoin de lui…

Vous m'emmerdez, Duparc, vraiment, vous m'emmerdez ! Vous et votre morale à la noix !

Tenez, pour enrober votre os !

Ne me regardez pas ainsi ! Faute d'ordonnance, vous porterez ça vous-même au colonel Mignot. Mais ne vous bercez pas d'illusions. Je ne fais que lui demander de surseoir au conseil de guerre. Pour le reste, il agira comme il l'entend.

Maintenant, rompez.

Et en sortant, fermez la porte !

Bureau du capitaine Duparc

— Bohman, enfin !

— Mon capitaine…

— Laissez tomber les salamalecs. Alors, le garçon de bains ?

— L'homme qu'il a vu, c'est Carton.

— Ouf !

— C'est bien lui qu'il a signalé au lieutenant. Il l'a également identifié sur la photo…

— Ça conforte la version de Jonas…

— Quelle version ?

— Sa marraine agonisante…

— Mon capitaine, je ne vous suis pas…

— Pendant votre absence, les événements se sont précipités. On a trouvé une lettre sur la dépouille de Carton…

— Sa dépouille…

— Carton est mort à l'hôpital d'évacuation. Le chirurgien qui l'opérait a trouvé la lettre qu'il adressait à Amélie Fruchon…

— Amélie… ?

— Cessez de m'interrompre.

— Navré, mon capitaine…

— Jonas et lui avaient la même marraine.

— Tous les deux ?

— Bohman, s'il vous plaît…

— Pardon.

— À l'issue de leur permission, Landry reçoit le courrier de l'employé des bains, celui que vous avez vu, il l'informe de l'état de choc probable d'un de ses hommes.

— Carton !

— …

— Excusez-moi, mon capitaine.

— Landry prend cela au sérieux. Il interroge le soldat. Un peu plus tard, il est assassiné…

— Cette fois, je vous suis… Carton est le meurtrier de la femme. Quand le lieutenant le questionne, il se croit découvert. Il l'abat lors de l'assaut.

— Résumé lapidaire, mais juste.

— Capitaine, vous feriez un tabac dans la profession.

— Merci, Bohman, le compliment émane d'un spécialiste.

— Jonas revient de loin.

— Les jeux ne sont pas faits…

— Vous tenez suffisamment d'atouts pour changer la donne.

— Si l'adjudant de semaine ne m'avait pas remis celui-là…

— Qu'est-ce que c'est ?

— La lettre trouvée sur Carton.

— Je peux, mon capitaine ?

— Évidemment !

— … Intime !

— Disons-le ainsi. Au moins, sa lecture permet d'entrevoir ce qu'a ressenti Carton lorsqu'il a été confronté à la réalité…

— J'imagine.

— Savez-vous que, jusqu'à votre retour, j'ai douté… Jonas avait consulté le major. Il souffrait d'un *shellshock*. Il aurait pu, lui aussi, être le soldat des bains.

— …

— Ce crétin de toubib l'a pris pour un simulateur. Imaginez qu'il ait abattu Landry après ça…

— …

— Eh bien, Bohman ?

— Capitaine…

— Qu'avez-vous ?

— La date.

— La date ?

— Sur la lettre…

— Et alors ?

— Elle est postérieure à la permission de Carton.

— Je n'ai pas remarqué ce…

— Écrit-on à une morte ?

— Bohman !

— Pourquoi Carton adresserait-il une lettre à celle qu'il vient d'assassiner ?

— Donnez-moi ça ! Allons, c'est impossible !

— …

— La date, la date… Soit, la date. Mais Carton est dérangé. Sait-on ce qui se passe dans la tête d'un homme dérangé ? L'obusite…

— Capitaine… Jonas a consulté, lui aussi, vous l'avez dit.

— Le soldat des bains, c'est Carton… Vous-même venez de le confirmer.

— Cela n'en fait pas un assassin.

— Qu'on n'ait retrouvé aucune de ses lettres chez sa marraine prouve bien qu'il y a fait le ménage avant le passage de Jonas…

— Ou que Jonas a emporté la correspondance sans faire le tri… Pourquoi l'aurait-il fait, d'ailleurs ? Il ignorait que sa marraine entretenait d'autres liaisons.

— Dieu de Dieu…

— …

— Le conseil…

— Mon capitaine ?

— Vous me voyez défendre Jonas, à présent ?

— Si vous ne le faites pas, qui d'autre…

— Avec ce doute ?

— La justice, vous disiez. Pas de procès bâclé… Qu'est-ce qui a changé ? Si le conseil expédie Jonas, nul ne saura jamais la vérité. Le peloton pourra tout aussi bien avoir fusillé un innocent…

— Innocent…

— La piste Carton n'est pas fermée.

— Que vous faut-il de plus ?

— Vous l'avez dit, nul ne peut savoir ce qui se passe dans l'esprit d'un homme aux nerfs usés… Il peut aussi avoir écrit cette lettre pour se forger un alibi au cas où l'enquête remonterait jusqu'à lui…

— Le pensez-vous sincèrement ?

— Sans compter…

— Vraiment ?

— Je voulais dire : sans compter les autres hypothèses…

— D'autres hypothèses…

— Carton innocent, ce qui reste à démontrer, n'implique pas que Jonas a menti…

— Et qui d'autre…

— Jonas affirme avoir trouvé sa marraine agonisante. Paris ne manque pas d'assassins…

— Bohman, c'est rocambolesque…

— Pourquoi ? Parce que nous sommes fixés sur une seule alternative, Carton ou Jonas ? Et que nous sommes incapables d'en examiner une autre ?

— Comme ?

— Un meurtre crapuleux, tout simplement. Le vol des bijoux…

— Allons… Landry n'a pas été assassiné par un apache des barrières…

— Tant que l'enquête de police n'aura pas déterminé qui a tué cette femme, nous n'y verrons pas plus clair. Et pour qu'elle le fasse il lui faut du temps. Si Jonas laisse sa peau au tourniquet, jamais nous ne saurons…

— Que pouvons-nous plaider si nous n'obtenons pas le report du conseil ?

— Le doute, mon capitaine, le doute. Carton est mort. Servez-leur du Carton jusqu'à plus soif. Embrouillez-les, passez-les dans la farine ! Qu'ils en perdent leur latin. Et le reste avec !

— Bohman…

— Vous le savez, la justice n'a rien à voir là-dedans. Il leur faut un coupable. Pas pour le lieutenant. Pour l'ordre, mon capitaine, pour l'ordre. Sous leurs médailles, ils pèlent de frousse à l'idée que le manche puisse branler.

— Le manche ?

— Que Jonas soit innocent, ils s'en moquent. Ils l'ont déjà condamné. Mais si Jonas est coupable, croyez-vous que le major ne l'est pas, lui aussi, pour l'avoir renvoyé en ligne dans son état ? Et au-dessus du major, ceux qui font qu'un homme est capable de ça ? Et cette saloperie où on nous a jetés, mon capitaine, qui la jugera ?

— Caporal Bohman !

— Allez-y, capitaine, montez sur vos grands chevaux. Mais je vous en prie, n'en descendez pas devant le conseil.

— …

— Il nous resterait quoi ?

Bureau du colonel Mignot

Le pli, froissé, a roulé dans la corbeille. En le jetant, le colonel a songé que Guermantes était décidément au bout du rouleau. Au fond, c'est une confirmation. L'annulation dc l'assaut au cours duquel Landry devait trouver la mort, déjà… Cette requête, à présent… Le mal est attesté.

Repousser un conseil de guerre au prétexte qu'un capitaine se prend pour Zola… Comme si celui-là n'avait pas fait assez de ravages, en se toquant de Dreyfus. Joli résultat… Dreyfus, le traître, vient d'être promu commandant. Ici même. Et allez donc !

C'est une ligue, ces gens-là. Souterraine et puissante. Mais, halte ! Ils ne nous resserviront pas l'erreur judiciaire. Négatif ! Une fois suffit. Avec eux, traîner l'armée dans la boue deviendrait un sport national.

Allez, Jonas, au tourniquet ! Et vite ! Le désordre doit être jugulé. L'armée abrite suffisamment de mauvais esprits. Les civelots en font leur coqueluche. L'académie Goncourt en tête. Voilà *Le Feu*, la saleté commise par ce Barbusse, couronné. Belle entreprise… Ils seront bientôt dix à s'engouffrer dans la brèche. L'argent est au bout, la merde fait vendre.

M. Genevoix ne démentira pas qui publie *Sous Verdun*. Des soldats tous les deux, pourtant… Alors, combien de serpents dans le sein de l'armée ? Inutile qu'un de plus vienne à son tour cracher son venin et fasse de Jonas une victime. Autant dire un héros, par ces temps de renoncement.

Zou ! Le conseil aura lieu demain.

La salle est disposée. Boissien a fait du bon travail. Ce garçon a du goût. Tout le portrait de sa mère.

Le colonel rêve.

Dehors, le ciel s'est couvert. C'est la pluie pour ce soir. Le colonel Mignot en aime l'odeur au jour couchant. Quand la terre, chaude encore, exhale des senteurs intimes. Le colonel est lyrique. Poète, parfois. Sensuel, assurément.

Il croque une des pommes du compotier. Pom-pom-pom. Il fredonne. « Rosalie est élégante, sa robe fourreau collante la revêt jusqu'au quillon. Buvons donc ! »

Sur la table, une carafe de cristal reflète son ombre rouge. Morgon 1912. Boissien est vraiment un garçon précieux. Le conseil aura de la tenue.

Chère Louise,

Je vous écris du poste de garde. Le conseil de guerre vient de s'achever, le rideau tombe sur une pantomime. Les juges se sont retirés pour délibérer. Les apparences seront sauvegardées jusqu'au bout. Rien, décidément, ne nous aura été épargné de cette farce sinistre. Le procureur a tenu son rôle avec ce qu'il fallait de flamme pour persuader l'assistance que les jeux n'étaient pas faits. Jonas aura été égal à lui-même. Perdu dans un rôle trop grand pour lui, à l'image de son pantalon. Flottant, égaré dans une pièce qu'il s'obstine à ne pas comprendre. En toute logique, l'accusation a brossé de lui le portrait que nous redoutions. Simulateur, réfractaire, veule, sournois. Ils auront été jusqu'à lui reprocher son attitude au combat. L'ardeur à nettoyer les tranchées qu'il a manifestée en plusieurs occasions est devenue un zèle suspect témoignant de sa duplicité.

De Guiches s'est fait fort de rappeler l'épisode du coup de feu, savourant l'occasion de se laver de l'affront. Sa précipitation à s'éloigner des lignes lui avait valu son surnom de « Monte-à-rebours ». Elle est devenue la geste héroïque de l'officier pris pour cible par un traître. Inutile de dire que l'affaire de la mutinerie aura pesé lourd. Cambris avait raison, le sac de Jonas fait son poids. Mais si sa défense a été formelle, c'est bien parce que la cause était entendue.

De mon côté, j'ai plaidé comme je l'ai pu. J'ai peint Jonas fidèlement, ainsi qu'il m'est plusieurs fois apparu. Un être pris dans la mécanique du destin. Et, le croirez-vous, j'ai suivi les conseils de mon greffier. Je me suis appliqué à emmêler les fils des deux affaires, la mort de Landry et celle de la marraine de guerre. J'ai chargé Carton, laissant toutefois assez d'espace pour ménager un repli. Arguments retournés, à l'issue de ma plaidoirie j'étais moi-même au bord du vertige. « Embrouillez-les », avait suggéré Bohman. J'espère avoir rempli la mission. Mais pour quel résultat ?

Chère Louise, les juges reviennent, je dois vous laisser. Je vous embrasse comme jamais.

Jugement rendu
par le conseil de guerre

(extrait de la décision)

Sur l'acte d'accusation du ministère public, après avoir entendu les témoins et les plaidoiries respectives du capitaine Cambris et du capitaine Duparc, le conseil de guerre, réuni à Villemoye, le 29 juin 1917 :

— déclare le soldat Jonas coupable d'avoir assassiné le lieutenant Landry ;

— le condamne à la peine de mort.

La sentence est exécutoire. Le soldat Jonas sera passé par les armes le 30 juin 1917 à cinq heures.

Zone du front,
1er juillet 1917

— Tiens, ma montre !
— Arrête…
— Prends-la, je te dis, j'en aurai plus besoin.
— Vas-tu cesser, à la fin ?
— T'en veux pas ? Hé, toi, attrape !

Depuis l'aube, il sait qu'il va mourir. La certitude s'est coulée en lui pendant la nuit. Quand il a ouvert les yeux, elle l'attendait, comme si elle avait toujours été là. Les chats errants s'installent ainsi. Ils vous choisissent et nul ne sait pourquoi. Il ne s'en est pas étonné. Simplement, il a éprouvé le petit regret d'avoir fait son temps. « Déjà », il a pensé. La vie avait été si courte. À peine la saison des confitures. Il aimerait se souvenir de ça en fermant les yeux. La mort doit être plus douce, au goût de la cerise.

Il a peur. Une peur tendre d'enfant. Mais par-dessus tout, il sait l'inéluctable. Quatre mois auront suffi. Il est de la classe 17, il s'appelle Jean, Jeannot. Il voudrait que quelqu'un s'en rappelle. C'est une bleusaille. Les poilus disent bleuet. Couleur de la capote neuve. C'est joli un bleuet.

— J'ai aussi mon couteau, tu le veux ?

— Range tout ça.

Il a ouvert son barda. Il y plonge la main comme un magicien dans son chapeau et en sort des trésors.

— Ma pipe, celle à tête de taureau.

Elle est trop grosse pour sa bouche d'ange. Il tête le tuyau et songe : « Une dernière fois. »

— Ma pipe, il répète.

Il voudrait que ses affaires lui survivent. C'est de la peine de partir sans elles, mais les savoir chez les copains lui chauffe un peu le cœur.

— Tu la prends pas ? il demande. Elle te plaît pas ?

Et bon sang, le gros Marcel, qui est boucher à la Villette, en a lourd sur la patate de voir le môme ainsi :

— Idiot, une pipe pareille, rien qu'à la voir on l'a en bouche.

— Ben alors, elle est pour toi.

Le gamin tend son cadeau et c'est comme une chanson triste.

— Écoute-moi, môme. Ta bouffarde, je la prends. Tu sais pourquoi ? Parce qu'elle est belle et que t'es un couillon. Alors, je te le dis. Ce soir je te l'aurai rapportée pleine de tabac allemand. Ils en ont du fameux à ce qu'on dit. Je te donne ma parole, je vais t'en chercher et je t'en ramènerai.

Le petit soldat ne dit rien, il contemple sa pipe dans les pattes du gros. Des pognes de tueur qui tiendraient une fleur seraient moins empruntées.

Autour, les hommes se reluquent. Plus d'un, ce soir, aura de la terre dans la gorge.

— En place !

Le capitaine Duparc a sorti sa tocante. Lentement il lève le bras. Les poilus se sont plaqués au parapet.

— Colle-moi au derche, môme, il t'arrivera rien.

Marcel aurait aimé dire autre chose mais c'est tout ce qui lui est venu.

Sifflet aux lèvres, Duparc a suspendu le temps :

— Vous avez entendu, Jean ? Collez à Marcel, il vous a promis du tabac, vous l'aurez.

Et son clin d'œil fatigué emmènerait les hommes au bout du monde.

— En avant !

Les dents serrées, ils ont escaladé le parapet. Le ciel s'ouvrait sur une pluie de fer. Courbé, pistolet au poing, le capitaine ouvre le chemin. Ils avancent. Sautant, trébuchant, cavalant. La terre tremble et ils avancent. Le sol s'ouvre, ils avancent. La fumée, les éclats, les éclairs, les jaillissements. C'est la marche au canon. Les coupes claires dans les rangs, les arbres qu'on élague. Adieu la vie, adieu l'amour, adieu toutes les femmes.

— Colle-moi, môme !

— …

— Colle, bleuet, colle !

— …

— Môme !

Cisaillé par la mitraille, Marcel n'a pas vu tomber le petit Jean. Il n'a pas vu le capitaine fauché en pleine course. Il meurt, lentement, comme meurent les bêtes. Sa main cherchant la pipe à tête de taureau. Demain, dans une bouteille fichée en terre, cul en l'air comme une crosse, leurs noms jauniront sur un papier. Les vagues d'assaut auront gagné cent mètres. Un communiqué annoncera une percée foudroyante.

C’est en raison des effets de l’habitude que les soldats des tranchées sont gais et ne donnent aucun signe de lassitude. L’accoutumance a mis sur eux sa puissante empreinte. Lorsqu’ils retourneront à l’usine, au champ, au bureau, plus d’un regrettera peut-être les meurtrières tranchées.

GUSTAVE LE BON

DU MÊME AUTEUR

Aux Éditions Gallimard

LA SAGA DES BROUILLARDS, Trilogie parisienne : Les Brouillards de la Butte, Belleville-Barcelone, Boulevard des Branques, Folio Policier nº 744

PETIT ÉLOGE DES COINS DE RUES, 2012, Folio 2 € nº 5468

L'HOMME À LA CARABINE, Esquisse, 2010, Folio Policier nº 5483

Dans la collection Série Noire

TRANCHECAILLE, 2008 (Trophée 813 du meilleur roman noir francophone 2009), Folio Policier nº 581

SOLEIL NOIR, 2007, Folio Policier nº 553

BOULEVARD DES BRANQUES, 2005, Folio Policier nº 531

BELLEVILLE-BARCELONE, 2003, Folio Policier nº 489

LES BROUILLARDS DE LA BUTTE, 2001 (Grand Prix de littérature policière 2002), Folio Policier nº 405

TERMINUS NUIT, 1999

TIURAÏ, 1996, Folio Policier nº 379

Chez d'autres éditeurs

L'AFFAIRE JULES BATHIAS, collection Souris Noire, Syros, 2006

LE VOYAGE DE PHIL, collection Souris Noire, Syros, 2005

COLLECTIF : PARIS NOIR, Akashic Books, USA, 2007, Folio Policier nº 655

Avec Jeff Pourquié

VAGUE À LAME, Casterman, 2003

CIAO PÉKIN, Casterman, 2001

DES MÉDUSES PLEIN LA TÊTE, Casterman, 2000

Composition IGS-CP
Impression Novoprint
le 26 février 2015
Dépôt légal : février 2015
1er dépôt légal dans la collection : avril 2010

ISBN 978-2-07-042891-5/Imprimé en Espagne.

286744